Romance Inattendue

Scala Laura

Avertissement

Cette histoire a été écrite par une personne non professionnelle, aussi avez-vous de fortes chances de croiser des coquilles grosses comme des camions. Malheureusement, vu que je ne suis pas la meilleure en français, même en me relisant une centaine de fois je ne parviens pas à les déceler. J'espère donc que cela ne vous gênera pas dans votre lecture, et que vous ne m'en voudrez pas trop… Quoi qu'il en soit, vous qui lisez ces quelques lignes, vous voilà prévenu.

Bonne Lecture !

Du même auteur :

La Famille Millicent

1-Désagréable Attirance
2-La Valse des Malotrus
3-La Cuisse Dorée
4-La Parade du Cuistre
Hors Série : La Marquise Sanglante

L'Héritage des Millicent

1-La Poisse Aux Trousses

Toulon-Sur-Air

1-Un Agent en Tenue Moulante
2-Un Agent en Tenue Collante

Les Élémentaires

1-Chien de Guerre
2-La Fille du Feu

Exil

1-La Soubrette Insoumise
2-La Nymphe Gothique
3-L'Ange de la Fornication
4-Le Dragon Dépassé
5-Le Lycan Incertain
Hors Série : La Secrétaire Enflammée

Le Rubis Etoilé

1-La Prophétesse Blanche
2-Le Roi Sans Visage

Hors Série

Corset et Bottes de Cuir
La Molaire du Zombie
Le Masque de la Sorcière
Assassinat d'un Fantôme
Mariée à un Démon
Romance Inattendue

Prologue

Bloquée, Emma se sentait très mal à l'aise. Comment avait-elle fait pour se retrouver coincée là, avec trois gaillards devant elle ?

-Alors ma belle... Tu as besoin de compagnie ? fit l'un des hommes en plaquant sa main contre le mur derrière elle.

Emma sursauta, avant de plisser les yeux. Elle refusait de s'adosser aux carreaux blanc sale, aussi cela lui compliquait-il la tâche.

-Non, je vous remercie. Je suis désolée, mais...

-On ne rentre pas dans les toilettes pour hommes sans attendre quelque chose...

-Une envie coquine, souffla un autre avec un rire chargé en alcool.

Des doigts se posèrent sur sa hanche, la faisant frissonner de dégout. Ah non !

-Ne me touchez pas ! Je...

-Dites donc, bande de crétins, je vous donne une

seconde pour laisser partir ma copine.

S'ouvrant telle la mer devant Moïse, la rangée de trois hommes en révéla un quatrième. Les mains dans les poches de son bermuda, en débardeur et claquettes, il défiait les gaillards d'un air assuré. Même elle, elle pouvait voir qu'il était musclé. Néanmoins, le hic, c'était qu'elle ne le connaissait pas plus que les autres.

-Qu'essse tu veux ?

-T'battre !?

-Si vous voulez que je vous casse la gueule, c'est tout à fait possible, ricana l'inconnu en faisant craquer les jointures de ses poings.

Cette perspective doucha le pleutre courage des gaillards, qui déguerpirent à toute vitesse. Deux minutes plus tard, Emma se trouvait assise au bar, où la barmaid lui rendit son sac. Fouillant dedans, elle y récupéra ses lunettes, qu'elle enfila avec soulagement.

-Ah, soupira-t-elle en se tournant vers son sauveur. Merci, j'étais quand même mal barrée.

-Mais de rien, fit-il en s'installant sur le siège d'à côté. Vous êtes myope, c'est ça ?

-Oui. J'ai enlevé mes lentilles à la plage avec des amies, et j'ai oublié de remettre mes lunettes. Une erreur de débutante.

Face au doux sourire d'Emma, l'inconnu haussa un sourcil, avant de commander un diabolo grenadine. Au moins un mâle qui n'avait pas besoin d'affirmer sa virilité avec une boisson dite d' « homme ».

-À propos, où sont vos amies ?

La jeune femme regarda derrière elle. La musique résonnait dans le bar, les discussions allaient bon train. En été dans le sud, les lieux étaient forcément bondés. Connaissant ses copines, Emma devina qu'elles étaient parvenues à mettre le grappin sur leur cible respective, repérée un peu plus tôt dans la soirée.

-Je suppose qu'elles sont rentrées chez elles avec leur conquête du soir, le temps que je me trompe de toilettes. Je suis toute seule du coup. Comment vous appelez-vous ?

-Louis. Et vous ? Ah merci.

Récupérant son diabolo grenadine, son sauveur se tourna vers elle. Sa tenue décontractée lui allait plutôt bien, mais surtout, une grande gentillesse semblait se dégager de lui.

-Emma. Vous êtes venu avec des amis ? Je ne veux pas vous retenir plus que nécessaire...

-A la base oui, mais j'ai comme la vague impression qu'ils se sont éclipsés avec vos amies à vous, grommela-t-il en observant la foule.

-Ce n'est pas impossible, elles sont canon. Au fait, Louis, que puis-je faire pour vous remercier ?

Parce que mine de rien, elle venait d'avoir une de ces frousses ! Fichue myopie... Sans ses lentilles elle tenait de la taupe, pas étonnant qu'elle ne se soit pas rendu compte de son erreur ! Et dire que ces gars avaient cru qu'elle cherchait un plan coquin...

-Hum, souffla Louis d'un air pensif, en l'observant. Étant donné ce qui vient de vous arriver, je vais éviter de vous demander une faveur sexuelle...

Hein !?

-Et un simple baiser serait frustrant...

Pardon ?

-Voilà ce que je vous propose, fit-il avec un sourire

amusé. Je vous donne mon numéro, vous me donnez le vôtre, et on se voit un autre jour ?

-Pas de soucis. Ah, par contre je vais devoir y aller, Louis. Il n'y aura bientôt plus de bus.

-C'est une blague ?

Surprise, Emma le considéra avec plus d'attention. Il soupira en passant une main dans ses cheveux châtains.

-Je pensais que tu étais en voiture. C'est dangereux de prendre le bus seule à cette heure-ci.

-Oui, mais je n'ai pas d'autre option. C'est une de mes amies qui m'a conduite, mon tacot est au garage.

Après l'histoire des toilettes, elle n'avait pas vraiment envie de prendre le bus de minuit seule. Mais elle n'avait pour ainsi dire pas le choix. La prochaine fois, elle éviterait la petite robe légère.

-Je te raccompagne, soupira Louis.

Notant le passage au tutoiement, elle répondit :

-Pas besoin de jouer les chevaliers servants.

-Ça s'appelle de la galanterie, Emma.

Ah, oui. C'était une notion oubliée par certains, ces derniers temps. Ramassant ses affaires, elle regarda

Louis. Ils faisaient à peu près la même taille.

-J'ai un petit ami.

-J'ai dit que je ne demanderai pas de faveurs sexuelles !

Chapitre 1
Douce Emma

-Je te quitte.

Muette, Emma considéra Paul. Son ex, désormais. Beau garçon, il avait les bras croisés et la mine sévère. Ils étaient censés manger ensemble, mais elle savait déjà qu'elle ne toucherait plus à la salade posée devant elle. Sans mot dire, elle saisit son verre de soda, avant d'en aspirer le contenu à la paille en carton sans mot dire.

-Tu vois, c'est ça le problème ! s'énerva Paul. Tu ne réponds même pas !

Que voulait-il qu'elle lui dise, franchement ?

-Pourquoi, tu veux que je rampe à tes pieds ?

-Non ! Je... Bon sang, Emma ! Ça ne te fait ni chaud ni froid !?

En vérité ? Elle le sentait venir depuis un moment. Déjà, quand elle lui avait dit qu'elle sortait avec les filles le week-end dernier, il n'avait même pas daigné réagir.

Pourtant, il savait bien que Virginie et Clarisse le détestaient et la poussait à trouver quelqu'un d'autre chaque soirée. En fait, elle le soupçonnait de la tromper depuis au moins un mois. Ce qui n'avait rien de surprenant, au demeurant.

-Paul, tu es un homme. Si sexuellement ça ne va pas, ça casse. C'est très simple.

-Putain ! Tu me sors ça comme ça !? Ce n'est pas moi qui suis une putain de frigide !

Frigide ?

Emma aspira un peu plus de soda avec sa paille, le regard fixé sur son ex.

Il n'avait peut-être pas tort. Il n'était pas le premier à lui faire ce reproche.

-Tu ne répliques même pas !? Tu me fatigues ! Adieu, Emma !

Ce serait un adieu de courte durée, étant donné qu'ils avaient tous les deux cours au même endroit. Toutefois, elle s'abstint de le lui rappeler. Heureusement qu'ils se trouvaient dans un fastfood, au moins ils avaient payé avant de s'installer.

La semaine commençait vraiment mal.

-C'est un sombre connard ! rugit Virginie, le soir même dans son petit studio. Je n'ai jamais aimé Paul !

-Ça, on le sait, rit Clarisse en portant sa bouteille de bière à ses lèvres, un coude sur le lit, les fesses sur le petit tapis. Et puis, déjà, pourquoi tu t'es mise à sortir avec lui, Emma ? Il est désagréable, ce type !

-Et vous, pourquoi vous êtes partis avec ceux de samedi soir? rétorqua-t-elle sans méchanceté.

Ses deux amies se figèrent, avant de grimacer.

-Pour le sexe. Écoute, ils étaient craquants ! Au fait, comment ça s'est passé pour toi, après ?

Elle leur expliqua. À la mention de Louis, elles manquèrent recracher leur bière sur le tapis blanc de Virginie. Elles exigèrent une photo, qu'elle n'avait évidemment pas. Après tout, ils ne se connaissaient pas réellement, pourquoi aurait-elle une photo de lui dans son téléphone? Dans tous les cas, il l'avait sauvée et raccompagnée, sans rien lui demander.

-De la vraie galanterie, ajouta Emma. Cela faisait longtemps qu'on ne m'avait pas traité de la sorte.

-Purée, c'est clair, grommela Clarisse. J'aurais bien aimé le voir, lui !

-Il a quoi comme voiture !?

-Un vespa rose bonbon.

Ses deux amies la regardèrent avec de gros yeux.

-Un vespa rose ?

-Il est gay ?

-Non, je ne crois pas. Et puis, même les hétéros portent du rose, maintenant. Il peut bien avoir un scooter de cette couleur.

-Ouais, pas faux. Mais on va dire que ça casse un peu son image.

Elles se turent un instant.

-Il t'a excité ?

-Clarisse, ça ne se demande pas, ça ! s'exclama Virginie.

Elles bavardèrent encore un long moment. Elles s'excusèrent de l'avoir laissée seule au bar. Puis il fut temps de rentrer. Après tout, le lendemain elles devaient encore aller à la fac. Par chance, l'arrêt de bus se trouvait pile au pied de l'immeuble de Virginie, à l'entrée de la ville.

Pensive, Emma resta debout sur le bord de la route, à attendre de pouvoir rentrer chez elle. Il faisait chaud en ce début d'été, pourtant le petit vent lui fit du bien. Bientôt, leur année de faculté de droit s'achèverait. Les vacances, elle les attendait autant que les grasses matinées. Elle avait vraiment besoin de se reposer.

Dans une semaine…

Enfin, elle aurait tout de même son boulot étudiant.

Cela lui évitera de penser à Paul, cette rupture, et toutes les questions que cela soulevait en elle. Pleurer, elle n'y arrivait pas. Après tout, elle ne déplorait pas la fin de sa relation avec lui. C'était plutôt tout ce qu'il y avait derrière qui l'inquiétait. Elle… En dépit de tout, pourrait-elle être heureuse ? Avec quelqu'un ? Comme dans un vrai couple ? Elle en doutait…

Le crissement de pneus ne la fit pas relever la tête. Pas plus que le petit silence, suivi d'un juron puis de bruits de pas.

-Emma ?

Surprise, elle releva la tête, avec un petit

reniflement. Peut-être pleurait-elle un peu, finalement.

Heu…

Son casque rose sur la tête, Louis la considéra avec un air aussi surpris qu'elle.

-Louis ? Mais qu'est-ce que…

-Je ne pensais pas te croiser par hasard, et surtout pas à cette heure-ci, fit-il en regardant sa montre.

Avec un bermuda bleu ciel, un débardeur blanc et des claquettes de la même couleur, il respirait le vacancier. Que fichait-il là ?

-Les probabilités étaient faibles, concéda-t-elle avec un faible sourire.

Elle se figea lorsqu'il tendit la main, afin d'essuyer la larme roulant sur sa joue. Sans mot dire, il lui fit signe de la suivre.

-Allez, je te raccompagne.

Évidemment. Il savait bien qu'elle n'habitait pas ici, étant donné qu'il l'avait déjà déposé au pied de son immeuble. Une fois sur son vespa rose, ils restèrent silencieux jusqu'à arriver à destination. Les bras passés autour de sa taille, Emma se dit que son comportement n'était pas bien prudent. Après tout, elle ne le connaissait pas. Néanmoins, elle savait juger les gens, et lui était quelqu'un de bien. Elle avait cette impression.

-Merci, Louis, fit-elle une fois descendue de son vespa.

Étant donné que cela faisait deux fois qu'il la raccompagnait, elle ne se sentait pas de le laisser partir comme ça, cette fois-ci. C'eut été malpoli.

-Tu veux monter ? s'enquit-elle en montrant son immeuble.

-Pourquoi pas ?

Heureusement, elle était ordonnée. Son studio était petit, aussi faisait-elle en sorte que tout soit bien rangé. Un lit sous la fenêtre, un bureau, une petite table et une petite cuisine. Une petite salle de bain. Bref, tout était petit chez elle. Elle louait un quatorze mètres carrés bien rempli.

-Ouah... ça faisait longtemps que je n'avais pas mis les pieds dans un appartement étudiant ! s'exclama Louis en regardant autour de lui. C'est un meublé, n'est-ce pas ?

-Heu, oui... Tu as déjà fini tes études ?

-Oui. J'ai vingt-six ans, pour répondre à ta prochaine question. Et toi ?

-Vingt-quatre.

-Bon, dis-moi... Qu'est-ce qui t'arrive, Emma ? Pourquoi ces larmes ?

Les mains dans les poches, il avait une épaule contre le mur de la partie cuisine. Ses yeux verts l'observaient avec attention. Il restait debout, loin d'elle, comme pour éviter d'envahir son espace vital. C'était gentil de sa part.

-Je me suis fait plaquer, soupira-t-elle. Tu veux un verre d'eau ? Je n'ai rien d'autre.

-Ce sera parfait. Raconte. Je suis extérieur à tout ça, je ne jugerai pas.

Ils s'assirent autour de sa petite table. Elle dut faire attention à ne pas le toucher, car avec ses bras posés dessus, il prenait presque tout la place, le bougre.

-Il n'y a pas grand-chose à dire, soupira-t-elle en remettant ses lunettes en place. Je ne suis pas une fille très expressive et ça ne plait pas.

-Si ça ne lui plaisait pas, pourquoi sortir avec toi en

premier lieu ?

-Pour s'envoyer en l'air plus facilement ? Pff, de toute façon, il a eu la mauvaise pioche, avec moi.

-Hein ? Comment ça ? Tu n'aimes pas le sexe ?

-Je suis frigide.

Il manqua tomber de sa chaise, elle le vit bien.

-Enfin, probablement, marmonna-t-elle.

-Comment ça, probablement ?

-Je n'en sais rien ! Voilà, tu es content !?

Mais pourquoi lui parlait-elle de ça, hein !? Il n'y avait rien de plus humiliant ! Les larmes aux yeux, elle serra ses mains autour de son verre d'eau. Elle voulait juste se rouler en boule dans son lit et pleurer. Ce n'était pas très adulte en son sens, mais cela lui ferait le plus grand bien !

-La vraie frigidité est extrêmement rare, Emma. Tu es allée voir un gynécologue ?

-Non ! Je n'ai pas envie de discuter de ça ! Louis, je...

Relevant la tête, elle fut surprise de voir un petit sourire rusé sur son visage. Levant un indexe, il fit :

-Je peux te faire un test très simple pour savoir si tu es frigide.

-Je ne coucherai pas avec toi pour que tu tentes de prouver l'ampleur de ta virilité, Louis, gronda-t-elle, hostile.

Il haussa un sourcil.

-Je n'ai jamais parlé de cela. Mais tu as le choix entre des questions gênantes, et le test.

-On va rester sur les questions gênantes, marmonna-t-elle. Je ne le sens pas ton test.

Riant doucement, il attaqua :

-Tu as déjà éprouvé du plaisir seule ?

-Hein ?

-T'es-tu déjà masturbée ? précisa-t-il.

-Louis !

-Quoi !? Je t'ai dit que mes questions étaient gênantes !

-Va pour le test ! explosa-t-elle. Et après barre-toi !

Il sourit de toutes ses dents, ce qui lui fit aussitôt regretter cette décision. Soudain, elle eut terriblement conscience de se trouver seule avec un homme dans son appartement. Et pas laid, en plus. Virginie et Clarisse en tomberaient raide.

-Ferme les yeux.

-Non.

-Ferme les yeux ou je te demande si tu as déjà...

-Ça va, ça va !

Paupières closes, elle tenta de calmer sa respiration. Ce type allait la rendre folle ! Gentil, mais tellement directe que c'en était terrible !

Un son de chaise qui racle le sol. Il venait de se lever. Anxieuse, elle tendit l'oreille. En dépit de la petitesse de son appartement, il venait de se glisser entre l'évier de la cuisine et son tabouret à elle. Sans un mot, il repoussa ses cheveux, de façon à dégager sa nuque sans la toucher. Anxieuse, Emma se raidit. Qu'est-ce que...

Un souffle sur sa peau, juste sous son oreille, la fit sursauter. Son cœur se mit à battre plus vite, plus fort. Deux grandes mains se posèrent sur sa taille, juste au niveau de certains bourrelets qu'elle honnissait. Si c'était ça son test, il allait surtout se prendre son poing dans la...

Soudain, une bouche se posa dans le creux de son

cou, là où s'entamait l'épaule. Que... Un frisson la secoua, mais pas de dégout. Qu'est-ce que... La morsure la prit totalement au dépourvu, lui arrachant une plainte rauque qui lui fit brusquement ouvrir les yeux. Mais c'était...

-Non de dieu ! s'exclama-t-elle en se redressant brutalement, manquant assommer Louis au passage.

-Test réussi, fit-il avec deux pouces en l'air, satisfait de sa prestation.

Rouge de honte, Emma le considéra, alors qu'il se dirigeait vers la porte avec un rire.

-Comme promis, je me casse ! Je te laisse réfléchir à mon petit test, douce Emma !

La porte claqua, pour se rouvrir aussitôt sur sa tête. Toujours pivoine, elle ne parvint pas à articuler quoi que ce soit lorsqu'il dit :

-La prochaine fois, je réclamerais ma récompense. J'ai plein d'idées.

Chapitre 2
La Récompense

-Tu as vraiment l'air ailleurs, Emma. C'est l'approche des vacances qui te fait ça ?

Petit silence.

-Emma ?

-Oh Emma !

Elle sursauta lorsque Clarisse posa la main sur son avant-bras, la tirant brutalement de réflexions qui n'aboutissaient à rien. Du cours, de la matinée, même, elle n'avait rien suivi. Tout ça à cause de ce misérable petit... Espèce de...

-La vache, je ne t'ai jamais vu avec une telle expression ! C'est Paul qui t'a mise en rogne ?

-Non, impossible... Ça n'aurait pas un rapport avec le gars que tu as vu à l'arrêt de bus ?

Emma regarda soudain Virginie. Elles se trouvaient dans l'amphithéâtre pour leur cours, avec tous les autres élèves, Paul compris. Même si tous partaient, elle sentait que des oreilles trainaient.

-Comment ça !? s'exclama Clarisse. Quel gars ?

Bonjour la discrétion.

-Je l'ai vu s'arrêter par la fenêtre de chez moi, expliqua Virginie. Je surveillais que vous preniez bien votre bus toutes les deux. C'est arrivé après que tu sois partie. C'était Louis, hein ? Il avait un vespa rose, comme tu nous l'avais dit !

Contre toute attente, Emma rougit d'un seul coup. Le changement fit hausser les sourcils à ses amis, et froncer ceux de Paul, qui avait effectivement l'oreille baladeuse.

-Vous êtes partis ensemble, ajouta Virginie, qui avait remarqué la soudaine attention de l'ex. Que s'est-il passé !?

-Je... Heu... Rien.

-Emma ! On te raconte toutes nos histoires de cul, tu as intérêt à nous raconter celle-là !

-Mais ce n'est pas une histoire de cul ! C'est... C'est... C'est un misérable enfoiré !

Emma, à l'air si calme, égale, voire même passive, ne s'énervait jamais. Mais là... On aurait dit qu'elle crachait des flammes dans l'amphithéâtre. Il fallut sécher les cours et une bière avant qu'elle ne commence à parler. C'était peu pour d'autres, mais énorme pour elle. Ses amies crièrent littéralement à l'annonce du gémissement.

-Non de dieu ! Emma, c'est une super bonne nouvelle !

-La prochaine étape, c'est l'orgasme ! cria Clarisse.

-Nan, la prochaine étape c'est déjà de prendre du plaisir, la calme Virginie. Elle ne peut pas sauter les étapes.

-Je... Je ne comprends pas, bafouilla Emma. Je n'ai jamais réagi à personne. Et puis, ça ne veut rien dire. J'étais fatiguée, hier.

Ses deux amies la considérèrent, avant de toutes deux poser une main sur son épaule.

-Emma, on est désolée de te dire ça, mais...

-... Tu es probablement tombée sur des branquignols au lit, jusqu'à présent.

-Alors, il faut absolument que tu mettes celui dans tes bras !

-Mieux, entre tes cuisses !

-Virginie, pas besoin d'être aussi directe !

-Elle doit le baiser, bordel ! Il faut qu'elle jouisse un jour, Clarisse !

Houla, ça dérapait carrément, là… C'est à ce moment-là que son téléphone se manifesta. La légère tonalité alerta les deux folles furieuses, qui cherchèrent à se jeter dessus. Heureusement, elle fut la plus rapide.

Mince, c'était Louis.

« *-Tu es libre cet après-midi ?* »

Allons bon.

« *-J'ai une récompense à réclamer.* »

Aux cris de groupies, elle sut qu'elles avaient lu.

-On doit te préparer, te maquiller, te…

-Même pas en rêve, gronda-t-elle, les clouant sur place d'un regard.

De ce qu'elle avait vu de Louis, cela l'étonnerait qu'il demande quoi que ce soit de sexuel. D'ailleurs, cela avait même l'air urgent. Résignée, elle lui répondit qu'elle était libre. À l'adresse qu'il lui envoya, elle comprit qu'elle allait devoir aller à son domicile. Bon. Ayant persuadé les deux groupies de ne pas intervenir, elle leur laissa néanmoins l'adresse, au cas où elle ne donnerait pas de nouvelles d'ici ce soir.

En vérité, elle faillit bien mourir sur le chemin. Le problème ? L'arrêt de bus n'allait pas jusqu'à son domicile, en haut de ce fichu Faron, à Toulon ! Ne sachant pas à quelle distance c'était exactement, elle dut tout se faire à pied, sous un soleil de plomb ! Quand enfin elle atteignit l'adresse indiquée, elle était prête à l'étriper !

Soufflant comme un bœuf, transpirant comme une vache, elle considéra le grand portail devant elle. Le haut du Faron était réputé pour n'avoir que des villas de personnes très riches. Louis ne faisait quand même pas partie de tout ça ? Regardant au travers des barreaux, elle vit un long chemin pavé menant à une maison, plus loin. Purée, il fallait encore marcher ! Tout au bout, elle put voir le vespa rose, un phare en plein jour. Elle allait le tuer !

La sonnette s'actionna, un « ah, c'est toi, entre » plus tard, et le portail s'actionna.

Le terrain était gigantesque, la maison aussi, avec de grandes baies vitrées. La porte d'entrée s'ouvrit sur un

Louis frais et dispo, un ordinateur portable ouvert à la main.

-La vache, la tête que tu as ! Attends... Ne me dis pas que tu as fait tout le chemin à pied !?

-Ma voiture... est au garage, haleta-t-elle, à bout de souffle. Je te l'ai... dit... samedi soir.

-Ah, heu... Je pensais que tu l'avais récupérée, depuis.

-Non, ce Week-end...

-Bon sang, Emma, tu aurais dû me le dire, je serais venue te chercher !

-Verre d'eau... S'il te plait...

Elle s'écroula plus que ce qu'elle ne s'assit au comptoir de la cuisine. Un peu embêté de la voir dans cet état, il lui fournit un verre, une bouteille d'eau fraiche, et une serviette pour se sécher. La climatisation était déjà en marche. La fraicheur lui fit du bien, le breuvage frais lui permit de se rafraichir rapidement, lui remettant en place ses quelques neurones. Le temps que tout cela arrive, elle surprit Louis en train de suivre le trajet d'une goutte de transpiration de son cou à ses seins. Hum. Ce devait être une erreur.

-Tu travailles ici ? s'enquit-elle, en avisant la cuisine plus grande que son studio, celui de Virginie et celui de Clarisse réunis.

-Hein ? Heu... oui. On peut dire ça.

-Comment ça ? Ton patron vit ici ?

Il sourit.

-Oui. Dis-moi, tu as réfléchi, depuis hier soir ?

Elle lui renvoya un regard furieux auquel il ne s'attendait pas. Sourcil haussé, il prit un air taquin.

-Oh... Un souci, ma douce Emma ?

-Je ne suis pas ta douce Emma.

-Aurais-je ébranlé les fondements de tes croyances sur ton propre corps ?

Le fait qu'il ait raison la mettait encore plus en rogne. Frappant le comptoir du poing, elle le fit sursauter.

-Tu as dit que tu voulais me voir pour ta récompense, non ? Qu'est-ce que tu veux ?

-Ah ! Ça. Attends, je reviens.

Il disparut un instant. Par la porte ouverte, elle vit un immense salon, baigné de lumière. Wouah... On ne voyait ça que dans les films, normalement. Dans quoi bossait son patron ?

Louis revint avec un sac, tout en disant :

-J'aurais besoin de ton avis sur un produit. Je ne peux pas totalement l'évaluer moi-même, c'est pour ça que j'ai fait appel à toi.

-Évaluer un produit ? s'étonna-t-elle. Tu es dans un commerce ou un truc comme ça ?

-Oui, c'est pour une nouvelle gamme. Tiens, dis-moi ce que tu en penses.

Avec un "plop", il ventousa quelque chose sur le comptoir devant elle. La chose oscilla légèrement, avant de se stabiliser. Interloquée, Emma avisa l'espèce de cylindre à bout rond, dont la forme n'était pas tout à fait droite. Il y avait des boutons à la base, et une sorte de grosse ventouse qui le faisait tenir debout.

C'est quoi ?

Pour toute réponse, il haussa un sourcil. Le menton appuyé sur sa main, le coude sur le comptoir, il l'observait attentivement. Qu'attendait-il donc d'elle ? Touchant la chose du bout du doigt, elle la trouva étonnamment douce, bien que pas tout à fait rigide. La surface était souple. En tout cas, on aurait dit un culbuto sur sa ventouse, c'était marrant.

-C'est doux et moelleux, fit-elle avant de le renifler. Mais ça sent mauvais.

-Mince. Tu trouves ?

Il le prit à son tour, pour le renifler.

-Ah oui. Mince. Les parfums risquent de provoquer une allergie, ce n'est pas une bonne idée non plus. Hum...

Le reposant devant elle, il prit son ordinateur pour taper ses remarques. Intriguée, Emma toucha au bouton de la chose. Soudain, le tout se mit à vibrer et à osciller, lui flaquant une frousse pas possible.

-Mais c'est quoi ce machin !?

-Tu es sérieuse ? lança Louis sans la regarder. Ça se voit, c'est un vibromasseur.

C'était la première fois de sa vie qu'il se prenait un vibromasseur en pleine tête, ça se voyait. Quant à elle, c'était bien la première fois qu'elle giflait quelqu'un avec un tel machin.

Folle de rage, elle sortit de la maison telle une tornade. Comment osait-il chercher à lui faire donner son avis sur... sur... après tout ce qu'il osait... Oh !

-Emma, attends ! Mais attends, je te dis !

Passant un bras autour de sa taille, il la plaqua dos à lui. Mince ! Pourquoi, rougissait-elle ? Il parlait dans son oreille. Elle était donc si sensible de cette zone !? Mais depuis quand !? Ça ne lui faisait pas ça avec Paul !

-Écoute, je suis désolé, je n'y avais pas pensé. Vu que tu te pensais frigide, j'imagine que tu n'as pas dû expérimenter grand-chose en solo, alors connaitre les vibromasseurs...

-Louis, tu t'enfonces.

-Mais tu n'as pas le droit de t'énerver.

-Pardon ? gronda-t-elle en se retournant dans ses bras, avec son regard le plus noir.

-C'est ma récompense, répondit-il avec un sourire fourbe. Pour les toilettes du bar.

Oh le... Oh le...

-C'est pas une récompense, ça !

-Quoi ? susurra-t-il en glissant des doigts délicats

le long de sa gorge. Tu pensais à quelque chose de plus…

Son index s'arrêta juste au-dessus de la ligne entre ses seins.

-… Physique ?

Un gargouillis indescriptible jaillit de la gorge d'Emma. À ce moment-là, ils se rendirent compte tous deux qu'elle tenait toujours le vibromasseur dans sa main. Il se fit gifler avec pour la deuxième fois de la journée.

Furieuse, Emma le laissa légèrement sonné. Physique ? Physique !? Elle voulait que ce soit physique !? Non, mais il… Il… Bon sang, pourquoi faisait-il si chaud, dehors !?

-Attend ! Laisse-moi te ramener chez toi, au moins ! Tu n'as pas de voiture !

-C'est en pente ! Ce sera moins dur !

-Il fait un soleil de plomb ! Soit raisonnable !

Il avait raison. Elle avait cru crever pour monter jusqu'ici, et à cette heure la chaleur ne pardonnait pas. Résignée, elle monta à l'arrière de son vespa, tout en priant pour que son cœur batte si vite en raison de la colère, et non de ses bras passés autour de la taille de ce maudit cuistre orgueilleux !

Elle espérait finir sa journée tranquille.

Malheureusement pour elle, Paul l'attendait au bas de l'immeuble. Et elle n'avait plus de vibromasseur pour le gifler.

Chapitre 3
La Confrontation

-Je peux savoir ce que tu faisais, Emma ?

De quel droit lui posait-il cette question !? Furieuse, elle fusilla Paul du regard. Elle commençait à en avoir marre, là !

-Je lui faisais tester des sex-toys.

La réponse de Louis faillit faire jaillir son cœur de la poitrine.

-Mais ça va pas de dire des conneries pareilles !? cria-t-elle en lui assenant une tape sur l'épaule.

Les mains dans les poches de son bermuda, Louis souriait de toutes ses dents à un Paul livide.

-Bah, je ne fais que dire la vérité. Et toi, tu es qui, mon gars ? Emma n'a pas l'air ravie de te voir et tu me sembles un peu trop inquisiteur. Tu es son ex ?

-Ouais. Ça te pose un problème ?

-Non, je m'en fous. De ce que je sais, je n'ai

vraiment pas à m'inquiéter de toi...

Si le sous-entendu échappa à Emma, Paul le prit de plein fouet. Jaloux et furieux de voir un homme arriver dans la vie de celle qu'il avait plaquée, il fit sa langue de vipère.

-Tu ne sais pas ce qui t'attend, mon gars ! Cette fille n'éprouve rien pour personne !

-Mmmh... Je commence à comprendre quel est ton problème, Emma.

-Heing ?

L'intéressée se sentait dépassée par la situation. En fait, elle détestait les confrontations. Depuis sa plus tendre enfance, elle évitait ce genre de choses comme la peste. Aussi, se retrouver entre deux mâles pleins de testostérone ne la réjouissait absolument pas.

Paul avait les poings serrés, le teint rubicond.

-Elle est frigide. Tu vas voir.

-Vraiment ? s'étonna Louis. Je me demande pourquoi elle réagit aussi bien, alors...

Avant qu'elle ait le temps de le voir faire, il lui mordilla la nuque, de façon si soudaine et inattendue que sa réaction fut tout aussi spontanée. Aussitôt son gémissement sortit, elle plaqua ses mains sur sa bouche avec des yeux écarquillés, le rouge aux joues.

Paul aussi avait les joues rouges, mais pour une tout autre raison. Il n'était pas parvenu à avoir ce type de réaction en trois mois de relation.

-Espèce de salope !

-Apprend à satisfaire les femmes avant de les insulter, mon grand. Tu verras que les soi-disant frigides peuvent devenir de magnifiques petites coquines...

À court d'arguments, Paul se perdit dans une litanie d'insultes, que Louis ignora avec brio en conduisant Emma dans l'immeuble. Il la raccompagna même jusqu'à sa porte.

-Si tu as un problème avec ce grand con, appelle-moi, fit-il en restant dehors.

-Heu... Merci, Louis. Je... Enfin... Tu étais vraiment obligé de faire ça ? marmonna-t-elle en portant une main à sa nuque.

Il lui sourit doucement.

-Tu sais, la vraie frigidité est problématique pour

les femmes qui en souffrent. Je trouve ça triste que des hommes incompétents au lit t'en aies fait arriver à ce stade de croyance sur toi-même.

-Je… Heu… Tu n'es même pas certain que…

-Emma. Est-ce que tu as déjà éprouvé du désir pour quelqu'un ?

-Heu… Je… Non.

Elle n'avait pas vraiment envie de discuter de ça dans le couloir de son immeuble. Gênée, elle regarda le sol, jusqu'à ce qu'il glisse sa main dans ses cheveux, avant de la poser sur sa joue. Presque par réflexe, elle le regarda.

-Est-ce que tu éprouves du désir pour moi ?

-Je… Je sais pas.

Un sourire sexy aux lèvres, il se pencha à son oreille :

-Tu vois, ce doute ?

Malgré elle, elle frissonna au son de sa voix, si proche. Ses mains se posèrent sur sa taille, commençant à sincèrement lui donner chaud.

-C'est la plus belle preuve que tu désires, Emma.

Ses mains remontèrent, pour effleurer la pointe

durcie de ses seins. Un gémissement lui échappa.

-Et ça, c'est la preuve que du plaisir, tu peux en prendre.

-Je... Je...

Il s'écarta soudain, la laissant pantelante sur le pas de sa porte.

-Mais comme tu m'as giflé deux fois avec un vibromasseur cet après-midi, je me retire. Allez, ma douce Emma ! Je te souhaite d'avoir les plus beaux rêves érotiques qui soient !

Sur quoi il disparut.

L'enfoiré.

Chapitre 4
Blocage inattendu

Le lendemain, Virginie et Clarisse se firent un devoir de l'escorter partout dans la faculté, avant de la raccompagner jusque chez elle. Elles n'appréciaient pas le comportement de Paul. Par contre, c'étaient de véritables groupies pour Louis.

-Cette assurance, ça doit être un dieu du sexe, soupira Virginie le soir même, assise sur le lit d'Emma.

-Toujours pas de photo ? s'enquit Clarisse.

-Nan ! Et j'en veux pas de lui !

Elles gloussèrent, tandis qu'Emma envisageait de massacrer son coussin à coups de poing. Durant la journée, elle s'était posé beaucoup de questions sur Louis. Qui était-il réellement ? Pourquoi était-il aussi gentil, galant, tout en étant une bite sur patte ?

Surtout, elle lui en voulait pour oser dérégler sa vie. Elle qui était toujours d'humeur égale, elle faisait le yoyo depuis samedi ! C'était insupportable ! Tiens, quand on pensait au loup... Il venait de lui envoyer un message.

« -Tu sais que j'ai droit à une nouvelle récompense, après ce qui s'est passé avec Paul ? ».

Oh le... Oh le...

« -Que dirais-tu de me faire un rapport détaillé sur un autre produit de mon entreprise ? ».

Hum... Mieux valait lui répondre.

« -Plutôt mourir. »

Sa réponse ne se fit pas attendre.

« -Vraiment ? On va devoir trouver une autre récompense, alors. Qu'est-ce que tu me proposes ? ».

« -Je ne négocie pas avec les terroristes du sexe. »

Il fallut un peu plus de temps, cette fois-ci. Elle devina qu'il avait eu un fou rire en lisant son texto.

« -C'est bien la première fois qu'on me désigne de cette façon ! J'aime beaucoup ! ».

« -Ce n'était pas un compliment. »

« -Je sais, ma douce Emma. »

« -Je ne suis pas ta douce ! »

« -Je sais, tu gifles fort quand tu as un sex-toy en

main. Mais ta peau est douce, et tes gémissements le sont plus encore à mes oreilles ».

Ah le salopard !

-Tu l'as giflé avec un sex-toy !? s'exclama Virginie.

Elle se souvint soudain de la présence de ses amies. Oh bon sang, elles lisaient tout par-dessus son épaule depuis tout à l'heure ! Évidemment, elle dut leur fournir une explication, la vraie. Il leur fallut vingt minutes pour arrêter de rire.

-Ce n'est pas drôle !

-Si ! s'exclama Clarisse. Bon sang, c'est un miracle qu'il te parle toujours après un tel affront. Tous les hommes ne supportent pas ça, tu sais ?

-Oh, ça va, ça va ! Moi, je me demande surtout ce qu'il peut bien faire dans la vie !

-Pourquoi tu ne le lui demandes pas directement ?

-Parce que c'est une bite sur patte !

-Tu sais, si sa seule envie est de te donner du plaisir, c'est plutôt pas mal.

Emma considéra ses amies. Décidément, elle n'avait aucun allié, dans cette histoire !

« -Alors, tu as eu des rêves érotiques, cette nuit ? »

Non, mais, de quoi je me mêle !? Il n'allait pas s'immiscer dans ses nuits, non plus !?

« -Ça te regarde pas. »

« -Moi, j'ai rêvé que je te fouettais les fesses avec le vibromasseur qui a servi à me gifler. C'était plaisant. »

Virginie et Clarisse manquèrent finir à l'hosto, avec ces conneries ! Rouge pivoine, Emma avait eu le temps d'avoir l'image en tête, avant de se rendre compte que ses amies avaient encore vu le message !

-En tous cas, il est drôle, ce mec ! s'exclama Clarisse.

Ça, c'était bien vrai. Emma sourit. En tout cas, il était bien plus intéressant, voire imprévisible, que tous les hommes qu'elle avait rencontrés. Franchement, jusqu'à présent, personne ne lui avait demandé d'évaluer ce genre de choses !

« -Je ne serais pas là jusqu'à dimanche, je dois partir en voyage d'affaires. Essaie de ne pas te retrouver seule sur le bord de la route en pleine nuit, cette fois-ci. »

« -Tu sais que je me débrouillais seule bien avant

de te rencontrer ? »

« -Je n'en doute pas. Tu n'as pas l'air du genre à te reposer sur d'autres. Je dois aller à une réunion, passe une bonne soirée, Emma. »

Une réunion à cette heure-ci ? Il était déjà vingt heures.

« -Bon courage pour ton travail. »

Elle reçut un smiley qui envoyait un baiser, avec un cœur rouge. Bon sang, ce gars faisait n'importe quoi, même par SMS.

*

Dans son dressing, Louis sourit en regardant son téléphone. Bien qu'il n'ait pas particulièrement envie d'aller à sa réunion, le fait de discuter avec Emma lui mettait du baume au cœur. Peut-être parce qu'elle était totalement extérieure à son quotidien ?

Tout en enfilant son costume gris à la coupe impeccable, il réfléchit. Emma était très mignonne, avec ses lunettes, ses taches de rousseur et ses cheveux un peu en bataille. Il rit silencieusement en mettant ses boutons de manchettes. Il adorait son petit air gêné. Elle qui était si composée lors de leur rencontre, alors même qu'elle était à deux doigts de se faire agresser, devenait rouge comme une tomate dès qu'il l'approchait.

Bon sang, il avait toujours un problème avec les nœuds de cravate. Laquelle devait-il mettre, déjà ? Il avait du mal à choisir ces machins-là. Bah, une grise pour aller avec son costume, ça passait très bien.

Tout en fixant son reflet pour réussir à faire ce fichu nœud, il songea à sa réaction, hier après-midi. À ses seins ronds et fermes, à sa respiration qui s'était accélérée au simple son de sa voix dans son oreille.

Il lui avait fallu toute sa volonté pour partir à ce moment-là. Il aurait tellement voulu rentrer dans son petit studio, pour la rendre plus folle encore, jusqu'à... Il baissa les yeux. Ce n'était vraiment pas le moment de bander.

Avec un soupir, il se força à penser à autre chose qu'au regard voilé de désir d'Emma.

Une chose était certaine, il ne fallait jamais se montrer présomptueux avec les femmes, surtout dans son cas à elle. Même si elle était particulièrement réactive à sa présence, rien ne disait qu'il serait celui capable de la faire jouir.

Il se figea, sa veste à moitié mise.

Oui, surtout qu'il y avait un facteur important : rien ne disait clairement qu'elle voudrait un jour qu'il l'approche à ce point-là.

Il grimaça.

Peut-être valait-il mieux qu'il arrête de penser à elle.

Par contre, il ne pouvait rien faire pour ses rêves érotiques.

*

Enfin, les vacances !

Vautrée sur son lit, Emma souriait comme une gamine. Pouvoir faire la grasse matinée sans devoir réviser, sans se dire qu'il y avait encore tant de choses à faire… Même si elle devait commencer son travail d'été lundi, elle était bien décidée à profiter de son week-end !

Pour l'occasion, Virginie et Clarisse étaient parties dans leur famille. Elles ne reviendraient qu'en début de semaine prochaine. Fraiche et dispo pour leur saison de chasse, comme elles disaient. Elles étaient prêtes pour sauter sur tout ce qui bougeait cet été.

Elle, elle avait prévu de travailler pendant ces deux mois, afin d'économiser pour l'année scolaire à venir. Après tout, les factures ne se payaient pas toutes seules. Et vu qu'elle n'avait pas du tout l'intention de rentrer chez elle…

Un bon livre, les doigts de pieds en éventail, elle se rendit rapidement compte qu'il faisait terriblement chaud. La fenêtre ouverte, elle constata que pas un brin de vent ne venait la soulager de la chaleur estivale. Argh…

Son livre à la main, elle se sentait déjà transpirer sans même bouger. Pourquoi il n'y avait pas de climatisation chez elle !? Elle se souvint soudain de celle de Louis. Ah, ça lui avait fait tellement du bien un peu de fraicheur… Et dire qu'ils étaient à peine début juillet !

Une sonnerie la tira soudain de son coma de chaleur. Ça venait de sa porte d'entrée. Un voisin ? Allons bon, elle les connaissait très peu, pas de quoi venir chez elle. Surtout que la majorité des étudiants rentraient chez eux, en ce samedi de début de vacances d'été.

Ouvrant avec un soupir, elle se figea net en

tombant nez à nez avec Louis.

Un bras sur le chambranle de la porte, il lui fit un sourire charmant. Charmeur ?

En costume-cravate, il dégageait une tout autre impression qu'en bermuda-claquettes. Il s'était même coiffé, en un style qui mettait en valeur la beauté de son visage. Non, attendez, elle avait lu un peu trop de romances cette semaine.

-Tu es déjà rentré de ton voyage d'affaires ?

-Oui, ça s'est fini plus tôt que prévu.

-Tu es venu réclamer ta faveur, c'est ça ? fit-elle d'un air soupçonneux.

Il sourit de toutes ses dents.

-Ça, ou alors j'avais juste envie de te voir.

La vache. Il faisait déjà bien assez chaud comme ça, il n'avait pas besoin d'en rajouter, le bougre !

-Mouais. Je suis persuadée que tu as des personnes plus importantes à voir que moi, rétorqua-t-elle pour dissimuler son trouble. Allez, rentre quand même.

Il s'exécuta, et parut heurter un mur invisible.

-Ouah la vache, il fait encore plus chaud chez toi !

On doit être à plus de trente-cinq degrés !

-Je sais, grimaça-t-elle. Ce n'est pas pour rien que je transpire sans rien faire à onze heures du matin.

Dans son costume, il devait fondre ! D'ailleurs, il ne fit pas un pas de plus dans son studio.

-Ça te dit de manger dehors ? lança-t-il en la regardant par-dessus son épaule.

Toujours à la porte, Emma hocha la tête avec sérieux.

-Tout ce que tu veux, du moment qu'il y a une climatisation.

Dix minutes plus tard, elle se dit qu'elle aurait peut-être dû se changer avant de sortir. En claquettes, short et débardeur légèrement distendu par l'usage, elle avait l'impression de faire tache à côté de Louis. Son costume lui allait drôlement bien.

-J'aurais dû me changer, râla-t-il. Si je pouvais vivre nu en cette saison, je le ferais.

-L'exhibitionnisme est passible de prison, tu le sais, ça ?

-Rah, je sais.

Ils étaient dans le centre-ville de Toulon, à la recherche d'un petit restaurant ouvert à cette heure-ci. Emma avait très envie d'un fastfood. Louis lui proposa quelque chose d'autre, mais elle lui avoua que ses finances ne lui permettaient pas d'aller dans quelque chose de plus luxueux.

-Même si je t'invite ?

-Pour contracter une nouvelle faveur envers toi ? Non merci !

Et puis, elle n'était pas habillée pour aller au restaurant. Finalement, ils optèrent pour un fastfood donnant sur la place de la Liberté. Les touristes n'étaient pas encore arrivés en masse, aussi pouvaient-ils profiter des tables à l'étage. Ils choisirent celle à côté de la grande baie vitrée, donnant directement sur la place. Avec le soleil qui tapait en plein dessus, elle était quasiment vide, tout comme l'établissement.

-Ça fait des lustres que je ne me suis pas permis de manger une nourriture aussi grasse, fit Louis en lorgnant son plateau.

-Tu ne manges jamais ça ?

-Nan, j'ai besoin de mes abdos pour travailler.

-En étant commercial pour godemichets ?

Il se figea, avant de lui adresser un sourire un peu embêté.

-D'accord, j'avoue, je ne le digère pas très bien.

Ah, enfin une réaction humaine ! Emma rit, avant de sortir un protecteur gastrique de son sac.

-Tiens, prends ça avant de commencer à manger. Avec le stress des études, j'ai des problèmes là-dessus aussi.

-Ma sauveuse, fit-il avec une réelle reconnaissance.

Se débarrassant de sa veste, il tira sur sa cravate pour la desserrer un peu.

-Même avec la climatisation j'ai trop chaud dans ces fringues, soupira-t-il. Ça m'apprendra à ne pas avoir pris de rechange pour l'avion.

-L'avion ? Tu es parti loin pour le travail ?

Il se débarrassa complètement de sa cravate, pour la fourrer dans la poche de son costume, avant de faire sauter les trois premiers boutons de sa chemise. Là, il soupira d'aise.

-Ah, ça va mieux. Oui, j'étais à Los Angeles.

Emma manqua lui cracher son soda dessus. Les États-Unis !? Mais qu'est-ce qu'il pouvait bien faire là-bas !?

-Une remise de prix pour... l'entreprise.

-Oh. Ah... Heu... Vous avez gagné quelque chose ?

-Mouais. Mais je... On gagne chaque année, donc il n'y a pas trop de surprise.

Elle écarquilla les yeux. Louis, lui, attaqua son repas comme si de rien n'était. Il paraissait plus accessible sans veste ni cravate, mais son discours l'éloignait un peu plus. Surtout avec son air désinvolte.

-Ça fait combien de temps que vous gagnez ?

-Mmh... Ça doit faire sept ans, je crois. Oui, c'est ce qu'ils m'ont dit.

-Et ça ne te fait ni chaud ni froid ?

-Oh si, je suis content.

Interloquée, Emma l'avisa avec attention, tout en croquant dans son hamburger. Louis semblait particulièrement apprécier son repas. Comme quoi, des trucs luxueux ne satisfaisaient pas toujours autant qu'une nourriture bien grasse, que l'on regretterait plus tard en regardant sa cellulite dans le miroir. Enfin, pour elle. Lui, il n'avait pas ce problème.

-Bon, pourquoi tu es venue chez moi directement après ton arrivée ?

-Le décalage horaire m'a un peu foutu en l'air, mais je te l'ai dit : j'avais envie de te voir.

Sa franchise la prit au dépourvu. Bien que cela lui fit plaisir.

-Ah, heu... Je...

-Alors, tu as rêvé de trucs cochons ?

-Louis !

-Ah ah, je plaisante ! Tu es trop sage pour ça. Au fait, ce sont les vacances scolaires, non ? Tu ne rentres pas dans ta famille ?

-Oula, non !

Elle lui fut reconnaissante de ne pas approfondir le sujet. Elle lui expliqua simplement qu'elle devait travailler pour préparer financièrement sa prochaine année d'étude. Dans le droit, confirma-t-elle, et plus précisément dans les droits d'auteurs et autres variétés sur le sujet. Elle rêvait de pouvoir défendre les auteurs de livres, tout ça.

-Moi, ça m'intéresse, remarqua-t-il sur le chemin du retour. Je risque de t'engager quand tu auras ton diplôme.

-Ton patron aurait besoin de protéger ses droits d'auteur ? s'étonna Emma.

-Mon pa... Ah, heu... Oui. C'est fort probable. Tu fais dans les contrats pour le droit à l'image, aussi ?

-Oui, tout à fait. Enfin, tu sais, je ne suis pas encore diplômée, hein.

Il réfléchit rapidement. Visiblement, cette conversation soulevait un point important pour lui. Mais que faisait-il donc dans la vie, celui-là ? C'était quoi l'entreprise de son patron ? Ils faisaient uniquement dans le vibromasseur ?

-Je pourrais te consulter si j'ai un problème ?

Elle grimaça.

-Je t'ai dit que je n'étais pas encore diplômée. Je ne suis pas encore assez fiable, il me reste un an à faire.

-Mmh, quel dommage... Je me serais bien vu

travaillant avec toi, en tailleur jupe avec tes lunettes… ça fait très cochon.

-Louis !

-Oui, pardon, tu as raison. Ça fait très cochonne.

-Ce n'est pas pour ça que je râle, bon sang !

-Tu râles parce qu'on doit attendre un an ? Oui, je suis d'accord avec toi, ça fait long.

-Oh, mais ce n'est pas possible ! s'exclama-t-elle en levant les bras au ciel. Tu es irrécupérable !

Elle remarqua alors qu'il avait les yeux baissés sur sa poitrine, en dépit du fait qu'ils marchaient vers son immeuble. Effectivement, le mouvement avait souligné ses seins, faisant apparemment perdre le fil à Louis. C'était flatteur, mais sacrément gênant. Elle baissa précipitamment les bras.

-Être irrécupérable est bien plus amusant, surtout avec toi. Tu es craquante quand tu rougis.

-Ta gueule, Louis.

Son rire franc manqua la faire sourire. Ah le rustre ! Tous ces sous-entendus sexuels commençaient à la rendre chèvre ! Heureusement, ils étaient arrivés. Elle remarqua l'absence de vespa rose. Comment était-il venu ?

-Passe une bonne journée, Louis. Et merci de m'avoir fait sortir, ça m'a fait du bien.

-Pas de soucis, fit-il en fronçant les sourcils, les yeux rivés derrière elle. Mais, Emma... Heu... Ce papier n'y était pas, tout à l'heure.

Un gros « interdit d'entrée » était placardé sur la porte de l'immeuble. Mais qu'est-ce que... comment ça, interdit d'entrée !? Il s'avéra que le gardien, non loin à ce moment-là, leur avait laissé un mot dans la boite aux lettres une semaine auparavant. Visiblement, il avait oublié de le mettre dans la sienne. Elle était tellement discrète qu'il ne savait même pas qu'elle habitait là.

En raison de l'apparition de punaises de lit, ils profitaient des vacances d'été pour désinfecter tout l'immeuble. Il avait demandé dans son mot à tout le monde de partir ce samedi-là. Comme il n'y avait plus personne entre midi et deux, il en avait profité pour faire intervenir l'équipe de désinfection, qui avait largué des fumigènes dans tous les appartements. Elle ne pouvait plus y entrer sous peine de finir à l'hôpital à cause des vapeurs.

-Putain de merde, fut tout ce qu'elle trouva à dire quand le gardien partit.

Accroupit, la tête entre les mains, elle cherchait bien comment se sortir de là.

-Tu as des copines chez qui dormir ?

-Non. Elles ne reviennent qu'en début de semaine, elles sont dans leur famille.

Petit silence.

-Un hôtel ?

-Pas les moyens. Bon sang, et je ne peux pas rentrer chez mon père. Il est hors de question que ce connard me frappe à nouveau, marmonna-t-elle pour elle-même.

Elle ne le vit pas, mais Louis tiqua particulièrement à cette dernière phrase.

-Je vais quand même pas demander à Paul de m'héberger ? Nan, je vais devoir rester à la rue pour le moment... Merde, j'avais tout prévu sauf ça...

Sa voix blanche voulait tout dire. S'accroupissant

devant elle, Louis lui posa une main réconfortante sur la tête.

-Que dirais-tu de venir vivre avec moi ?

Levant des yeux méfiants vers lui, elle fronça le nez.

-Je peux me débrouiller toute seule.

-J'ai la climatisation.

-Adjugé vendu.

Chapitre 5
Expropriée par des Punaises de Lit

La climatisation, ça changeait la vie !

Vautrée dans le lit, sous la couette alors que l'été avait bien commencé, Emma souriait comme une gamine. Il faisait bon… Elle allait enfin pouvoir dormir correctement ! Enfin… Bon, elle n'avait plus de fringues, pas de chargeur de portable et elle se trouvait chez un presque inconnu.

Pourtant, elle ne pouvait s'empêcher de se sentir bien dans cette chambre que lui prêtait Louis, pour la durée indéterminée de la désinfection de son immeuble. Expropriée par des punaises de lit. C'était vraiment la poisse.

Tout cela ne l'empêcha pas de s'endormir. Le ventre plein, épuisée par la contrariété, elle n'émergea dans cette chambre aux couleurs blanches et jaunes qu'en fin de journée. Mince ! Essuyant la bave sur le côté de sa joue, elle se dit que ça craignait vraiment de disparaitre tout de suite après que Louis l'ait gentiment hébergé !

Réajustant son débardeur, enfilant de nouveau son bermuda, elle descendit de l'étage. La maison était vraiment grande. En face de sa chambre se trouvait celle de Louis, et d'autres portes donnaient sur la salle de bain, les toilettes, et des pièces dont elle ne se souvenait plus vraiment.

L'escalier menant au rez-de-chaussée conduisait directement à l'immense pièce de vie de la maison. Les baies vitrées déversaient la lumière du soleil couchant dans la pièce rendue fraiche par la climatisation, sur le canapé panoramique tourné vers elles. Une grande télévision se trouvait entre deux fenêtres, face aux assises. Dans le dos du canapé, côté escalier, une grande bibliothèque recouvrait le mur. À droite de l'escalier, une porte ouvrait sur la grande cuisine qu'elle avait déjà vue.

Une vraie maison luxueuse.

Au-delà des baies vitrées, elle pouvait voir la grande piscine, avec des transats postés sur un côté. Dans la catégorie farniente, on était pas mal, là.

D'ailleurs, allongé sur le canapé, un bras sur le ventre l'autre derrière la tête, la chemise à moitié déboutonnée, Louis ronflait doucement. Ah oui, le décalage horaire. Après tout, il revenait des États-Unis. Sur la table basse en bois clair, son ordinateur portable était déjà passé en veille. Il devait dormir depuis un moment.

Avisant son torse à moitié découvert, elle se dit qu'il devait avoir froid. Mince, elle ne savait pas où se trouvaient les couvertures... Embêtée, elle regarda autour d'elle, avant de tomber sur sa veste de costume. À défaut de mieux...

Ses traits détendus le rajeunissaient légèrement. Vingt-six ans, c'était bien ça ? Seulement deux ans d'écart avec elle... Songeuse, elle posa la veste sur son torse, avant de légèrement le border. Il émit un grognement, avant de se tourner sur le côté, face à elle. Oups. Voulant réajuster la veste sur lui, elle se pencha en avant.

-Emma... soupira-t-il dans son sommeil.

C'est à ce moment-là qu'elle sentit une main chaude se poser juste au-dessus de son genou, à la limite de son bermuda. Figée, elle en oublia de respirer. Assez large, son bas n'empêcha pas les doigts de glisser sur l'arrière de sa cuisse, pour remonter en un mouvement lent vers sa fesse. Que… que… soudain, il la griffa légèrement, juste sous le globe charnu. Pivoine, elle craqua.

-C'est pas bientôt fini, dit !?

Elle le frappa avec le premier coussin qui lui tomba sous la main, c'est-à-dire un truc en cuir plus dur que prévu.

-Ouch !

Furieuse, elle fonça droit sur la cuisine.

-Attend… Emma, je suis désolé ! Je n'étais pas bien réveillé !

-Tu l'étais assez pour savoir que c'était moi !

Oui, enfin, ce qu'elle ne pouvait évidemment pas savoir, c'était qu'il était en plein rêve à son sujet. Avec la fatigue du décalage horaire, le tout s'était superposé à la réalité. D'ailleurs, il arriva dans la cuisine en tenant le gros coussin devant lui. Il n'allait pas en rajouter avec une érection indiscrète. Mais ça, Emma ne le savait pas.

-Tu es la seule femme dans cette maison, évidemment que ça ne pouvait être que toi. Je suis désolé. Je n'ai pas griffé trop fort, au moins ?

-N... Non, ça va.

S'arrêtant derrière le comptoir, elle prit un verre d'eau qu'elle remplit au robinet.

-Il y a de l'eau minérale au frigo.

-Ah... Heu... Je n'ai pas l'habitude.

-Tu verras, ça a moins le gout de chlore.

Pourquoi avait-il un coussin ? Il s'assit sur la chaise de bar de l'autre côté du comptoir, la regardant avec attention.

-Quoi ?

-Non rien. C'est juste que ça me fait bizarre de savoir que l'on habite ensemble.

Oui, effectivement. Ils se regardèrent un instant, pensif.

-Je vais m'occuper des tâches ménagères, si tu veux. C'est déjà gentil de ta part de m'héberger gratuitement. Et de la part de ton patron.

Il grimaça.

-Pas la peine, j'ai une femme de ménage qui vient tous les matins. Je ne suis jamais là à part le week-end à ces heures-là.

Oh. Oui, effectivement, vu la maison, l'inverse eut été surprenant.

-Heu... Je peux m'occuper des repas, si tu veux.

Emma réfléchit. C'était tout ce qu'elle pouvait faire, mais elle ne cuisinait pas particulièrement bien. Avec un peu de chance, elle ne l'empoisonnerait pas au cours de son séjour. Par contre, elle risquait de le faire grossir.

-Tu n'es pas obligée de faire quoi que ce soit, Emma. Mais bon, ce sera marrant si on fait ça ensemble. Ce n'est pas toujours agréable de vivre seul.

-Je sais, soupira-t-elle. Des fois on voudrait juste que quelqu'un fasse les corvées à notre place. Comme le repas. On a faim, mais on n'a pas envie de faire quoi que ce soit.

-Exactement. Par contre, tu vas avoir un problème, Emma.

Surprise, elle finit son verre d'eau avant de demander pourquoi.

-Tu n’as pas de fringues, non ?

*

En fournissant à Emma ses propres affaires, Louis s’était préparé à beaucoup de choses, sauf une : la voir arriver dans un de ses vieux joggings avec un de ses t-shirts amples, sans soutien-gorge.

Sans soutien-gorge.

Seins nus.

Il eut un mal de chien à ne pas la regarder droit dans les tétons.

La climatisation n’arrangeait rien, décidément. En plus, elle venait de prendre sa douche, aussi avait-elle la peau légèrement humide, ce qui collait le tissu à sa peau. Ses cheveux mouillés rejetés en arrière soulignaient son visage. Décidément, les lunettes rondes lui allaient très bien.

-Désolée, j’ai lancé une machine avec mes affaires. J’imagine que je vais devoir taper dans mes réserves pour aller acheter au moins des culottes.

Sans soutien-gorge et sans culotte ?

Putain, elle allait le tuer.

Le reste de la soirée se passa pour lui dans une lutte acharnée pour ignorer la poitrine d'Emma qui se balançait à chacun de ses pas. Elle ne semblait vraiment pas consciente de son charme. Qu'avaient donc pu lui dire ses exs, pour qu'elle s'ignore à ce point ?

Tout en papotant, ils finirent par manger des pâtes devant la télé. Ils se rendirent compte qu'ils avaient les mêmes gouts en matière de série, aussi en entamèrent-ils une, qu'ils continuèrent après avoir débarrassé. Cela paraissait faire du bien à Emma, après les émois de la journée.

À tel point qu'elle s'endormit de l'autre côté du canapé panoramique. Visiblement, elle avait préféré se tenir loin de lui et de ses mains baladeuses. Il ne pouvait pas lui en vouloir.

Par contre, elle dormait comme une souche et il se faisait tard. Avec un soupir, il se dit que n'étant pas habituée à la climatisation, elle allait attraper froid à dormir comme ça. Bon. Si elle ne se réveillait pas, il pouvait bien la prendre en poids et aller la coucher dans la chambre d'amis. Enfin, sa chambre pour les prochains jours. Pas bête, il alla ouvrit la porte en haut et repoussa les draps, avant de venir la chercher. Le porté de princesse n'était pas le plus pratique, mais au moins ça évitait de trop réveiller la personne.

Bon sang, on n'aurait pas dit comme ça, mais elle pesait le poids d'un âne mort !

Pour autant, elle ne se réveilla pas. Il se félicita d'avoir tout préparé avant de monter, car il lutta pour ne pas la laisser tomber sur le lit. La couvrant de la couette, il s'assit un instant, les bras en compote. La vache, c'était différent de porter une femme consciente qui s'agrippait à lui tout en le chevauchant ! Ou alors était-ce parce qu'il n'avait pas l'adrénaline du sexe qui courrait dans ses veines en même temps ?

Il baissa les yeux sur Emma, de l'autre côté du lit. Elle était belle. Beaucoup plus détendue que lorsqu'elle était réveillée. Ses propos sur son père lui revinrent en tête, lui faisant serrer les poings. C'était certain, elle n'avait pas sorti tout ça volontairement, mais plutôt sous le coup de la panique. Il haïssait les hommes violents, et plus encore l'engeance capable de frapper leurs propres enfants.

En silence, il décida d'aller lui aussi se coucher. Tout du moins il essaya, car une main se referma sur sa chemise. Hein ? Étonné, il regarda Emma. Profondément endormie, elle venait de rouler sur le côté pour l'agripper, tout en marmonnant des choses incompréhensibles. Oh oh...

Chapitre 6
Réveil Mouvementé

Emma se réveilla le dimanche matin, fraiche et dispo. En forme, elle sourit en émergeant avec la fraicheur de la climatisation. Certains ne se rendaient peut-être pas compte, mais en France dans le sud, ça changeait vraiment la vie !

Roulant sur le côté, elle se heurta à une chose qui gémit légèrement, avant de tourner la tête pour commencer à ronfler doucement. Mais qu'est-ce qui fichait là, lui !? Outrée, Emma hésita à le frapper d'entrée de jeu. Néanmoins, elle s'arrêta tout de suite.

Les volets ouverts livraient déjà les rayons du jour, éclairant la scène de Louis. Allongé sur la couette et non pas dessous, il portait toujours sa chemise bien qu'elle soit complètement ouverte sur son torse musclé, son pantalon de costume déboutonné et une chaussette.

Mince. Paul lui avait dit un jour qu'elle avait

tendance à s'agripper dans son sommeil. Bonne poire, Louis était resté sur place.

Les yeux rivés sur cet homme assez galant pour la monter dans sa chambre, elle décida qu'il était certes adorable, mais elle avait envie de se venger. Après tout, elle ne le verrait pas toujours aussi vulnérable !

Que pouvait-elle bien lui faire ?

Crotte, il choisit ce moment-là pour rouler sur le ventre. Hum... En fait, ça l'arrangeait. À quatre pattes, Emma bloqua ses cheveux dans une main pour éviter de le chatouiller, avant de se pencher sur lui. Le cœur battant la chamade, elle embrassa la base de sa nuque, là où l'épaule commençait, comme lui la dernière fois.

Un frémissement, puis un soupir de la part de Louis. Joueuse, Emma, glissa la main sous sa chemise afin de lui caresser le dos, tout en mordant l'endroit qu'elle venait d'embrasser.

-Putain de merde !

Son monde tomba sens dessus dessous, et sans savoir comment, elle se retrouva soudain sur le dos, le t-shirt à moitié relevé sur sa poitrine, les mains de Louis plaquant ses poignets de chaque côté de sa tête. Accroupi entre ses cuisses écartées, courbé en deux au-dessus d'elle, il parait tout aussi surpris.

Emma, elle, loucha carrément sur son torse. Avec sa chemise ouverte qui semblait faire un voile autour d'elle, et son pantalon déboutonné, il était l'image même de l'érotisme. Surtout dans cette position entre ses jambes.

-Tiens tiens… On cherche à prendre sa revanche de bon matin ?

Rouge, elle se racla la gorge.

-C'est de bonne guerre. Et puis, c'était probablement l'unique moment où je pouvais le faire.

Il haussa un sourcil, avant de sourire d'un air coquin.

-Vraiment ? susurra-t-il en prenant une de ses mains, pour la poser sur son torse nu. Mais moi, tu peux me toucher quand tu veux.

Soit ses yeux allaient jaillir de ses orbites, soit son cœur allait exploser, soit sa main prendre feu. Ou les trois en même temps. Dans tous les cas, le cerveau d'Emma cessa complètement de fonctionner.

Le regard intense de Louis rivé à elle, elle ne put détacher le sien de sa propre main, qui glissa entre ses pectoraux, son index traçant le sillon entre eux, avant d'effleurer ses abdominaux, de passer son nombril, et…

-Ah !

-Ne fais pas cette tête, rit-il. C'est normal que je bande.

Oui, enfin… Personne n'avait jamais *autant* bandé devant elle !

-Mmh… À mon tour, alors.

Quoi, quoi ? Essoufflée pour une raison inconnue, Emma sentit les mains de Louis glisser sur son ventre. Elle réalisa soudain qu'elle avait très, très chaud !

-Je ne te ferais pas l'affront d'un baiser de bon matin, susurra-t-il en se penchant en avant. Par contre, il y a plein de choses à faire fort sympathiques.

Hein ? Elle sursauta lorsqu'il posa la bouche sur son ventre. C'était si… Si gênant… Elle… Un gémissement lui échappa lorsqu'une de ses mains se faufila sous son t-shirt, pour effleurer la pointe d'un sein.

-Tu n'imagines pas à quel point tu es sexy, gronda-t-il en mordillant son bourrelet juste sous le nombril.

Oh le... Elle cessa aussitôt de penser lorsqu'il se redressa, tout en tirant son haut vers le bas pour la rhabiller.

-Mais tu n'es pas prête.

Hein ? Elle devait avoir l'air de celle qui ne comprenait pas, ce qui était vrai, car Louis lui sourit doucement en lui caressant la joue.

-Tu trembles, Emma. Et tu pleures.

Se redressant, il l'aida à s'asseoir sur le bord du lit. Toujours en érection et à moitié habillé, il s'agenouilla devant elle avec un sourire contrit.

-Je suis désolé.

-Non... Heu... Faut pas, gargouilla-t-elle en essuyant les larmes sur ses joues. Je ne sais pas... Pourquoi... Louis... C'est moi qui m'excuse tu... tu es... C'était... Hyper excitant je... sais pas...

-C'est bien ce que je dis, sourit-il en lui embrassant le front. Tu n'es pas prête. Allez, une bonne douche et petit déjeuner !

Lui ébouriffant les cheveux, il se détourna, attirant l'attention d'Emma sur son érection. Elle rougit de nouveau.

-Et… Heu… Et toi ?

Sur le pas de la porte, il lui lança un regard, un sourire, carrément torrides.

-Ne t'en fais pas pour moi, je sais m'occuper de ça.

Elle crut flamber sur place lorsqu'il disparut. Oh la vache ! Il allait… À cause d'elle !? Elle ne savait plus où se mettre. Elle ne savait pas si ça la gênait ou si ça l'excitait. Non, attendez… Pourquoi ça l'exciterait ? Elle ? Qui n'éprouvait rien, normalement ?

Oh bon sang, elle était complètement paumée !

Chapitre 7
Des Groupies au Starbique

Finalement, outre le réveil, le dimanche s'était passé sans anicroche. Les magasins étant fermés, Louis lui donna d'autres affaires, avant d'aller faire sa séance de sport. Elle avait passé sa journée, finalement, à lire et à étudier sa bibliothèque. Il y avait de tout, là-dedans ! Des sciences économiques et sociales, des livres d'histoires sur plusieurs nations différentes, des livres d'anatomie, de sport, de méditation, sur les mythologies...

Dans tous les cas, elle arriva lundi à son petit boulot au Starbique fraiche et dispo. Il avait voulu la déposer, mais elle avait refusé. Elle commençait tôt, elle n'allait pas non plus lui imposer ses horaires. Et puis, elle était censée récupérer sa voiture aujourd'hui.

-Donc, si je comprends bien, fit Clarisse à sa pause du déjeuner, tu vis maintenant avec un homme que tu connais depuis une semaine ?

En apprenant ce qui lui était arrivé, ses amies étaient rentrées plus tôt de chez leurs parents. Elles avaient fait le pied de grue jusqu'à ce qu'elle puisse prendre sa pause. Visiblement, elles n'étaient pas particulièrement ravies de la situation. Et encore, elle ne leur avait pas raconté son dimanche matin.

-C'est ultra dangereux, Emma ! rugit Virginie. Tu ne le connais même pas, ce type ! Il fait quoi, dans la vie, hein !? Vendeur de godemichets !?

-En fait, je ne sais pas trop, avoua-t-elle.

Installées à une table de son lieu de travail, elles grignotaient des sandwichs apportés par Clarisse. Heureusement, le patron d'Emma était tolérant, en grande partie parce que ses amies avaient bu une demi-douzaine de cafés hors de prix en l'attendant. Starbique c'était bon, mais c'était cher.

-Bon sang, Emma !

-Vous savez, je n'avais pas trente-six mille solutions, expliqua-t-elle d'une voix calme. Je ne peux pas aller chez mon père, je refuse de donner des faveurs à Paul en l'échange d'un toit, si tant est qu'il ait accepté ce jour-là de m'héberger, et je n'ai pas l'argent pour payer et mon loyer, et un hôtel. Donc c'était soit Louis, soit la rue.

Vu comme ça... Cela ne les empêcha pas de ronchonner, mais elles comprenaient. Jamais elle n'avouerait avoir cédé sur le mot « climatisation ».

-Dire qu'on ne sait toujours pas à quoi il ressemble ! s'exclama Clarisse. Tu nous dis qu'il est beau, et toi qui ne trouves personne d'attirant, tu réagis à sa présence ! Je veux savoir à quoi il ressemble !

-C'est juste de la curiosité, sa tête ne change rien à l'affaire, soupira Emma.

-De toute façon, vous habitez ensemble, maintenant. Tu n'auras qu'à lui demander une photo !

Franchement, elle lui devait déjà beaucoup. Elle n'allait pas en plus lui pomper l'air avec ce genre de chose ! Surtout qu'il avait dit être occupé tous les matins en semaine, mais en plus il avait des visioconférences ou des rendez-vous téléphoniques à la pelle. Elle ne savait vraiment pas ce qu'il faisait, mais elle avait d'ores et déjà compris qu'il n'habitait pas chez son patron. Cette maison colossale, c'était la sienne. Elle voulait bien être naïve, mais il y avait des limites.

-Dans l'idéal, maintenant que nous sommes là, ce serait mieux que tu viennes vivre avec l'une d'entre nous, non ? remarqua Virginie. Tu peux venir quand tu veux.

-Vous avez prévu de faire la coupe d'or du sexe, cet été. Hors de question que je me retrouve au milieu de tout ça.

-Eh, oh, on n'est pas des bêtes en rut non plus ! On peut aller à l'hôtel !

-Comme si j'allais vous faire payer un hôtel parce que je squatte chez vous !

-Ça nous rassurerait que tu ne sois plus chez cet inconnu, Emma ! Tu es une jolie fille. C'est dangereux, tu sais ?

Elle réfléchit rapidement aux événements du dimanche matin. Hum.

-Je....

Sa phrase se perdit dans le temps, à l'instant où quatre hommes en costume entrèrent dans le Starbique. Heureusement pour elle, elle se trouvait près de la porte, donc ceux qui entraient ne pouvaient pas la voir. Ça l'arrangeait vraiment. Car l'un des quatre n'était autre que Louis. Il parlait avec autorité tout en lisant une sorte de rapport.

La vache ! Mais qu'est-ce qu'il fichait ici !?

Ils étaient sur le point de commander, lorsque Louis tourna brusquement la tête vers elle. Mince, comment avait-il fait pour la repérer !? Aussitôt, son air sérieux se volatilisa sous l'effet d'un franc sourire. Il s'excusa auprès des hommes en costumes, avant de venir droit sur elle. Ses amies, qui n'avaient pas perdu une miette de son expression à elle, se figèrent en découvrant la bombe sexuelle en approche. Car elles, c'étaient ainsi qu'elles le voyaient.

-Bonjour, Emma, fit-il en venant s'accroupir devant elle, afin de ne pas la dominer de sa taille. Merci pour le petit déjeuner, ce matin.

-Bah... Heu... C'est normal...

-Bonjour, mesdames, ajouta-t-il pour Clarisse et Virginie. Vous êtes les amies d'Emma, non ? Je m'appelle Louis.

-B... Bonjour, Louis, bégayèrent-elles en cœur, les

joues rouges.

Mais qu'est-ce qui leur prenait, à elles !?

-Tu finis à quelle heure ?

-Seize heures, pourquoi ?

-Tu n'as pas dit que tu devais acheter des vêtements ?

Ah mince, oui ! Elle lavait sa culotte tous les jours depuis samedi, mais elle avait quand même besoin de plein de choses. Foutues punaises de lit.

-Si tu y vas avec tes amies, préviens-moi, mais dans tous les cas je viens te chercher. Tu n'as pas les clés de la maison.

Ce n'était pas faux.

-Ne t'en fais pas, je n'ai besoin de personnes pour acheter des culottes, grimaça-t-elle.

Il haussa un sourcil, avant d'arborer ce sourire légèrement fourbe qu'elle commençait à bien connaitre. Lui faisant signe de s'approcher, il murmura tout bas à son oreille :

-N'oublie pas de prendre des soutiens-gorges aussi. Si tu te balades encore sans dans *mes* vêtements, tu risques de me voir bander plus que de raison.

Virginie et Clarisse la virent devenir rouge pomme d'un seul coup. Évidemment, elles n'avaient rien entendu. Mais entre ses propos et sa voix dans son oreille, Emma se dit que ce type allait la tuer à force de lui faire faire le yoyo émotionnel. Heureusement qu'elle n'était pas cardiaque !

-Je tâcherais de m'en procurer, râla-t-elle en reculant. Tes amis en costumes t'attendent, Louis.

Il regarda par-dessus son épaule. Effectivement, ils se trouvaient tous debout avec leur café à emporter, vers la porte.

-On a fini la réunion de ce matin, donc ça va. Passe une bonne après-midi, Emma. Mesdames, prenez soin d'elle.

-Comptez sur nous…

À son départ, un gros silence s'abattit sur les trois amies. Emma, réfléchissait à comment trouver des soutiens-gorges peu couteux, et…

-Ah, je crois que finalement je ne pourrais pas t'héberger, Emma, fit Virginie avec un grand sourire.

-Hein ?

-Moi non plus. Tu as raison, la coupe d'or du sexe est trop importante pour nous.

Attendez, c'était quoi ce revirement soudain !?

*

Emma eut la grande surprise de voir arriver Louis en voiture le soir même. Ce qui était assez logique, car transporter des sacs de vêtements en vespa n'était pas vraiment pratique. Le cri de groupie de ses amies lui apprit que c'était un véhicule plutôt onéreux. Personnellement, elle s'en fichait. Tout ce qu'elle voyait, c'était que les sièges en cuir collaient aux cuisses en plein été. La vache, elle transpirait, en plus !

-Tu sais, le cuir est plus simple à nettoyer que le tissu.

-Louis, ce n'est pas comme si tu allais renverser un soda à l'intérieur de l'habitacle, non ?

Il eut un rire un brin tendu, mais s'abstint de tout commentaire. Tiens ? C'était surprenant, comme réaction. Sans s'appesantir sur le sujet, Emma regarda ses divers sacs. Décidément, elle avait vraiment des amies sur qui elle pouvait compter. Elles l'avaient aidé à payer ses affaires de secours. Même si elle ne comprenait toujours pas en quoi une robe noire et un ensemble en dentelle pouvaient bien lui servir. Enfin, au moins elle avait trouvé des culottes et des soutiens-gorges de sports pas chers chez Docathlon. Ça, c'était parfait, en plus elle avait besoin d'en racheter depuis des mois.

-Tu as l'air fatiguée. C'est difficile comme boulot ?

-Un peu. C'est surtout que je voudrais enchainer les heures pour gagner de l'argent. Tout gérer seule quand on est étudiant, c'est parfois épuisant.

-Mmh... Je comprends ce que tu veux dire. J'ai fait mes études de commerce tout en bossant, il y a des jours où je n'avais qu'une envie, c'était me poser dans un coin et que l'on m'oublie.

Emma le regarda avec de grands yeux brillants.

-Mais oui, tout à fait ! Tu sais, Paul ne comprenait pas ça. Maintenant que j'y réfléchis, je me demande bien pourquoi j'étais avec lui.

Il faisait encore bien jour à cette heure-ci. Tandis que Louis la raccompagnait du centre-ville au haut du Faron, elle regarda par la fenêtre côté passager. La vue sur la baie était tout simplement magnifique. Saint Mandrier se profilait de l'autre côté, petit joyaux de verdure cerné par la mer. Elle pouvait même voir les Deux Frères, deux rochers près de la côte seynoise. Un profond soupir lui échappa. Elle ne les avait encore jamais vus de prés.

-Il te menait la vie dure ? Paul ?

-Oh, tu sais... Je ne suis pas particulièrement expressive. Étant petite, j'ai appris à dissimuler ce que je pense, alors c'est devenu une seconde nature.

Dans le reflet de la vitre, elle le vit hocher la tête. Il ne pouvait pas comprendre de quoi elle parlait, mais enfin, bon... Tiens ? Même de profil, elle vit sa bouche prendre un pli dur. Elle eut soudain un doute. Elle n'avait pas parlé de son père, au moins ?

-Enfin, bref, Paul me faisait souvent des remarques et voulait toujours que je sorte, que je fasse la cuisine ou des trucs comme ça. Ça ne correspond pas vraiment à ma personnalité... C'est un tout. Ce n'était pas une personne pour moi.

-Je pense surtout que ce gros con ne te méritait pas. Ne me regarde pas avec ces gros yeux. Je sais que ça fait à peine plus d'une semaine qu'on se connait, Emma, mais tu es quelqu'un de bien. Et une grosse travailleuse, par-dessus le marché.

-M... Merci. Tu sais, Louis, je... Je pense que j'ai de la chance d'être tombée sur toi. Tu as les mains baladeuses, mais tu es un chic type.

Il éclata de rire.

Plus tard dans la soirée, par contre, elle manqua le gifler avec le vibromasseur qu'il posa devant elle.

-Mais c'est pas possible !

-Attends, attends ! s'exclama-t-il, ses lunettes sur le nez. Ne me frappe pas avec !

Ils se trouvaient de nouveau au comptoir de la cuisine. Assise en face de lui, Emma fronça le nez, les yeux plissés. Venu avec son ordinateur portable et ce truc, il ne semblait vraiment pas en mode coquin, ce qui n'était pas plus mal. Elle n'avait pas l'énergie pour gérer ça !

-J'ai fait des changements au niveau de l'odeur, tu m'as dit que ça n'allait pas, déclara-t-il en allant se prendre une bouteille d'eau au frigidaire. J'ai besoin de ton avis.

Oh.

Oui, c'était professionnel, en fait.

Louis revint s'installer tandis qu'elle reniflait le jouet sexuel. Il ne put s'empêcher de sourire face à cette innocence.

-Il sort de l'usine, c'est un prototype. Alors ?

-Aucune odeur. Je suppose que c'est une bonne chose, vu à quoi ça sert. Comme tu l'as dit la dernière fois, les parfums pourraient être irritants.

-Effectivement, approuva-t-il en en buvant directement à la bouteille. D'autres remarques ?

Qu'est-ce qu'elle en savait, elle ? Indécise, elle considéra le jouet planté devant elle. Louchant dessus, elle se dit qu'il y avait peut-être un point important à vérifier. Sortant la langue, elle lécha le sex-toy, attentive au gout. Du moins, elle essaya d'être attentive, car Louis écrasa sa bouteille d'eau dans son poing, en faisant gicler de partout.

-Ça ne va pas la tête !? Tu m'as fait peur !

En cet instant, Louis aurait tout donné pour être ce sex-toy. Et vraiment, ça ne lui arrivait jamais de penser ainsi. Mais ça, elle ne le savait pas.

-Ah ah, désolé. Heu... Un commentaire ?

-Attends, je n'ai pas senti, tu m'as fait peur.

Elle ressortit sa jolie langue rose, et ce fut comme si elle faisait sauter le bouton du bermuda de Louis. Il devait à tout prix penser à autre chose. A autre chose que sa langue sur le bout de ce vibromasseur qui...

Oh purée. Il loucha vers le bas. Et mince. Pourtant, il avait un contrôle parfait à ce niveau-là. Il n'avait pas intérêt à bouger de son côté du comptoir, pour le moment.

-Ça a un léger goût de silicone, mais ce n'est pas désagréable en soi.

-Mmh... Heu... Dis-moi, tu ne connaitrais pas des femmes qui seraient volontaires pour tester le produit ?

-Bah, je fais quoi, là ?

-Non, Emma. C'est un jouet sexuel. Le vrai test, ce n'est pas tout à fait ça.

Elle rougit jusqu'au bout de ses oreilles, ce qui le fit sourire tandis qu'il épongeait l'eau du comptoir avec son débardeur. Emme ne savait pas si elle rougissait à cause de cette histoire de test ou parce qu'il avait tout naturellement enlevé son haut, dévoilant son torse musclé. Non de dieu, les images du dimanche matin lui revinrent, avec sa chemise ouverte et lui qui…

-Heu… Je peux demander à mes amis, si tu veux. J'en ai que deux, mais…

-Ce serait parfait ! s'exclama-t-il. Attends, je reviens.

Il disparut rapidement. Elle ne remarqua pas qu'il s'appliquait à rester dos à elle, car tout ce qu'elle voyait, c'était ses muscles jouant sous sa peau, sa silhouette en V et… La vache, elle ne l'avait pas encore vu, mais ses fesses étaient…

-Du calme, Emma, marmonna-t-elle en portant une main à son cœur affolé. Tu dois être malade. Ce n'est pas normal d'avoir chaud tout le temps comme ça, avec la climatisation.

Elle regarda le sex-toy. Incrédule, elle appuya sur le bouton. Aussitôt, il se mit à osciller dangereusement, mais resta parfaitement accroché droit grâce à sa ventouse. C'était un bon point, non ? Par contre, elle ne voyait pas l'utilité de mettre ça dans… Et puis, c'était vachement gros !

-Tiens.

Louis déposa devant elle deux boites noires au touché velours, d'aspect plutôt anonyme si ce n'était le petit cœur doré lisse sur le dessus. On eu dit un écrin à bijou.

-Je leur demande de faire un rapport détaillé ?

-Si c'est possible. J'aurais vraiment besoin de savoir si ce produit est performant, agréable et sans risque pour les usagers. Ce n'est pas la première fois que nous en mettons en vente, mais on est jamais trop prudent.

-OK... Dit donc, tu es très professionnel, en fait.

Rieur, Louis enleva ses lunettes pour se frotter brièvement les yeux. Toujours torse nu. Ah...

-On ne dirait pas, mais c'est sérieux tout ça. Certains trouvent que ce monde est ignoble et à éviter à tout prix, mais en vérité, tous s'y intéressent à un moment donné. C'est seulement que tous n'acceptent pas l'aspect sexuel de leur personne. Mais avec internet, le marché s'est encore plus ouvert et les ventes ont explosé. C'est un avantage.

-J'avoue que je ne m'y suis jamais intéressée, souffla Emma. Mais… Je suis mal placée pour juger quoi que ce soit, vu mon absence de pulsions.

Il haussa un sourcil, tout en posant un coude sur le comptoir.

-Absence de pulsions ? Vraiment ?

-Toi, ne commence pas. À demain matin !

-Hé ! Ne fuis pas !

-Si je veux, d'abord !

Chapitre 8
Réunion Sous Tension

Pas bien réveillée, Emma se servit un café avec les yeux à moitié ouverts. Déjà la fin de semaine… Elle allait pouvoir dormir demain matin… Elle n'en pouvait plus, pourquoi avait-elle commencé tout de suite à travailler pour l'été ? Elle aurait dû prendre au moins une semaine de congé… Quoique non, qu'aurait-elle donc fait toute seule dans la maison de Louis ?

Le « bonjour douce Emma » suivi d'une oreille mordillée lui fit pousser un cri de bon matin.

-Louis !

Elle avait renversé du café de partout, en plus ! Sans même le regarder, elle attrapa le torchon sur le plan de travail et se mit à éponger le carnage.

-De mauvais poil ? s'étonna-t-il en passant un bras par-dessus elle, pour saisir une tasse.

-Non, juste fatiguée.

Mince, elle en avait mis sur le sol aussi ! Se baissant jambes à moitié pliées, elle se mit à frotter, non sans entendre le brusque silence derrière elle.

-Quoi ? s'entendit-elle demander en s'appuyant sur ses genoux, pour regarder derrière.

Ah... Son café à la main, Louis regardait ses fesses d'ostensible façon.

-J'apprécie la vue, répondit-il en portant sa tasse à ses lèvres.

Se redressant aussi sec, elle pivota vers lui de façon à dissimuler son derrière.

-Mince, désolée ! Je ne me suis pas rendu compte de...

-Ne t'excuse jamais d'être sexy, Emma. C'est très stimulant de bon matin. Ah, je voulais te dire que je rentrerai dans la nuit, j'ai un... Une réunion et une séance photo, ça va prendre du temps.

-Une séance photo ? Pour tes produits ?

Il grimaça brièvement derrière sa tasse, avant de dire :

-Ouais, on peut dire ça, mes produits. D'ailleurs,

tiens, la clé du portail, et voici celle de la maison. Je te donne le code de l'alarme aussi.

-Oh, merci...

-Au fait, tes copines sont mes testeuses, non ? Tu peux les inviter si tu veux, ça me permettra de recueillir leurs avis au passage.

Leur avis ? Bon sang, elles avaient hurlé leur joie quand elle leur avait donné les prototypes de Louis. A priori, ce qu'elle leur donnait était très couteux, plus de cent euros. Du plaisir de luxe, à ce stade ! Mais franchement, Emma n'avait aucune envie de connaitre le ressenti de ses copines vis-à-vis de ce produit.

Ne travaillant pas ce vendredi matin, Louis la conduisit jusqu'à sa voiture. Elle avait récupéré son épave. Le garagiste avait eu du retard, mais bon, elle roulait c'était l'essentiel. Elle faisait tache à côté de celle de son hôte, mais elle ne pouvait pas y faire grand-chose.

Sa journée de travail se passant sans encombre, elle eut largement le temps de réfléchir. Louis travaillait beaucoup, en fait. D'ailleurs, il ne lui avait plus fait de « taquineries », comme il disait, depuis quelques jours, ce qui était passablement étonnant. D’un autre côté, il était épuisé en rentrant du travail. Plus d’une fois, elle l’avait retrouvé endormi soit au bord de la piscine, soit sur le canapé, tout habillé. Comme s’il s'était écroulé dés son arrivée à la maison.

Perdue dans ses pensées, elle ne vit pas tout de suite l’homme qui venait de rentrer dans le Starbique. Son collègue était passé à l’arrière pour gérer les stocks, comme tous les après-midi, aussi se retrouva-t-elle seule face à son client.

Mince.

-Bonjour, Paul, fit-elle d’une voix égale.

-Emma.

Les yeux cernés, un pli dur à la bouche. Elle avait déjà vu ça par le passé. Si elle ne devint pas livide, elle mit la main dans sa poche par réflexe.

-Qu’est-ce que je te sers ?

-Emma… Pourquoi tu m’as fait ça ?

Pardon ? Il se foutait de sa gueule ? Ce discours ressemblait tellement à celui de son père… Derrière le présentoir, Emma s’efforça de rester totalement impassible. Le moindre sourire, le moindre changement, et la violence pouvait commencer. Ce, même si elle restait immobile, en vérité.

-Nous sommes dans un Starbique, Paul. Qu'est-ce que je te sers ?

Quelle poisse qu'ils soient seuls dans la boutique ! Et son collègue qui mettait toujours ses écouteurs quand il était dans la réserve !

-Tu m'as quitté pour un inconnu !

-Tu m'as plaquée, Paul. Tu n'as pas ton mot à dire.

-Tu n'es qu'une salope !

-Tu sais très bien que non, Paul.

-Écoute-moi, bon sang !

Il abattit son poing sur le dessus du présentoir, faisant tout vibrer. Emma fronça les sourcils.

-Je te prierais de respecter le matériel de travail d'autrui, Paul. Contrairement à toi, il y en a qui ont besoin de leur job.

-Tu n'habites pas à l'immeuble en ce moment ! Où es-tu ?

Non, mais franchement, comme si elle allait le lui

dire !

-Ça ne te concerne pas. Tu commandes quelque chose ?

-Arrête de me dire de commander un truc !

-Tu es dans un fastfood. C'est le principe de commander quelque chose.

Il plissa les paupières. C'est fou comme il pouvait avoir l'air mauvais. En plus d'être con, il avait la mémoire courte. En fait, quand elle le regardait, elle ne voyait rien d'attirant. Pourquoi était-elle sortie avec lui, à la base ? Parce qu'il le lui avait demandé ? Ou simplement, parce qu'elle avait eu besoin d'un amour différent de celui de ses amies, à ce moment-là ?

Elle se sentait pitoyable en le regardant.

-Tu n'es qu'une sale petite ingrate !

-Ingrate ? Parce que tu baises mal ou parce que tu as eu la bonté de sortir avec une pauvre fille comme moi ?

Oups. Ça allait à l'encontre des règles de survies, ça. D'ailleurs, il craqua un câble à ce moment-là. Fou de rage, il sauta par-dessus le comptoir, pour l'attraper. Pas bête, Emma sortit aussitôt de la zone, pour se retrouver côté clients.

Paul poussa un cri de rage, avant de foncer tel un bulldozer. Oh mince ! Ne sachant pas quoi faire, elle fit un pas arrière... Et buta contre un torse. Son ex s'arrêta net, comme s'il décuvait d'un seul coup sa colère.

-Rassure-moi, mon petit Paul. Tu allais te mettre à genoux pour implorer le pardon d'Emma, n'est-ce pas ?

Louis ! Folle de soulagement, Emma se retint pourtant de le regarder. Elle avait peur de cesser de fixer Paul, comme s'il allait profiter d'un regard détourné pour se ruer sur elle. Néanmoins, elle vit plusieurs personnes se déployer autour de lui, menaçante. C'était qui, ça ? Elle ne connaissait pas autant de personnes !

Pas tout à fait stupide, Paul se jeta à genoux, enfin de demander pardon de façon creuse, avant de passer à côté d'elle et de Louis à la manière d'une personne qui chercherait à prendre sa revanche.

Ses épaules s'affaissèrent lorsqu'il disparut.

-Oh Louis, merci ! J'ai appelé au hasard, mais je suis vraiment contente que tu sois venu !

-Tu as appelé au hasard ? Ah, j'imagine... Il me

semblait bien que l'on entendait comme du fond d'une poche.

Emme se retourna. Sa chemise à peine fermée, un bouton en moins à son pantalon de costume, il fronçait les sourcils. Crispé au possible.

-Tu as eu de la chance que nous soyons dans le coin, avec mon équipe, soupira-t-il en caressant sa joue. Tout va bien ?

-Oui, oui. J'ai été imprudente, c'est tout.

-Emma… Tu ne vas pas me sortir que c'est de *ta* faute si ce connard a cherché à te frapper, quand même ?

-Ben… J'aurais dû être plus prudente dans mes propos. Pourtant je sais bien comment il faut se comporter, dans ce type de situation…

-Emma, Emma… Tu es irrécupérable.

Passant un bras autour de ses épaules, il la serra brièvement contre lui tout en lui embrassant les cheveux. Le front contre torse, elle rougit. Ce geste d'inquiétude si sincère la prit au dépourvu. C'est vrai que son appel avait dû le surprendre et l'alerter.

-Je suis désolée de t'avoir interrompu dans ton

travail. Ah, et vous aussi, merci pour tout, fit-elle en se tourna vers les personnes qui l'accompagnaient.

Ils lui sourirent tous. Habillés à la va-vite comme Louis, ils semblaient particulièrement calmes. Tous n'étaient pas en costumes, et les femmes avaient des robes tendues sur une paire de seins plutôt imposante.

-Ne t'en fais pas, gloussa un gaillard roux. C'est bien la première fois que l'on voit Louis aussi paniqué !

-Hé, oh, fit l'intéressé.

-Tu es Emma, n'est-ce pas ? lui demanda l'une des femmes. Enchantée, je suis Claire.

-B... Bonjour. Heu... Pour vous remercier, je vous offre un café de la maison !

Fonçant vers son poste de travail, elle demanda à chacun qui voulait quoi. Louis, lui, sortit son téléphone de sa poche pour additionner les prix des commandes. Cette andouille ne pouvait pas se payer un hôtel, il n'allait quand même pas la laisser se ruiner pour eux !

-Elle est mignonne, la petite, remarqua un de ses amis en avisant Emma.

-Touche-la et tu es mort, fit Louis sans lever les

yeux de son téléphone.

La vache, c'était cher le Starbique ! Ils devaient être à une centaine d'euros avec les commandes !

-Hé hé… On craque sur son amie, patron ?

-On habite ensemble et j'ai pas envie de voir ta tronche au réveil.

-Quoi !? Toi, le célibataire endurci, tu vis avec elle !?

-Henry, ta gueule. Emma !

La jeune femme releva aussitôt le nez de sa caisse. Avec ses lunettes qui avaient à moitié glissé sur le bout de son nez, elle était craquante.

-Tu finis à quelle heure, ce soir ?

-Heu… Ah bah, mon heure est passée.

Elle ne s'en était même pas aperçue. Louis soupira en glissant son téléphone dans la poche de son pantalon de costume. Ça lui ressemblait bien.

-Allez, je te ramène à la maison. Les gars, je vous retrouve après. On n'a pas fini.

-Oh ! Mince, c'est vrai, votre réunion !

Ah. Tous ses collègues regardèrent Louis, qui

grimaça en rougissant légèrement. Ils avaient tous viennoiserie et café à la main, et ils semblaient s'amuser comme des petits fous.

-J'arrive tout de suite ! Le temps de prévenir mon collègue !

Ce dernier arriva avant qu'elle n'ait eu le temps de finir de se changer. Louis en profita pour régler les consommations de tout ce beau monde, qui ne perdait pas une miette de son attitude. Ah bon sang, il allait en attendre parler, de cet épisode !

Une fois à la maison, il soupira de soulagement. Épuisée, Emma se laissa tomber sur son lit. Sans pouvoir s'en empêcher, il l'avait accompagnée jusque-là.

-Repose-toi, ordonna-t-il. Et ferme à double tour derrière moi.

-Mais... Ce n'est pas nécessaire, Paul ne sait pas où tu habites.

-C'est pas la question ! Bon sang ! Il faut que j'y retourne ! Sois sage, Emma.

Tournant les talons, il voulut s'éclipser, mais elle l'attrapa par la manche de sa chemise. Le regard plongé dans le sien, elle parut soudain indécise.

-Tu... Je suis désolée de t'avoir appelé.

-Je t'aurais passé un savon si tu ne l'avais pas fait, bougre d'âne.

-Tu t'es vraiment inquiété pour moi ?

Sa question le prit tellement au dépourvu qu'il la regarda la bouche ouverte, l'espace d'un instant. Elle était bête ou quoi ? Son cœur avait cessé de battre à l'instant où il avait compris de quoi il en retournait, le téléphone collé à l'oreille ! Il n'avait jamais couru aussi vite de sa vie !

-Oui, je me suis inquiété pour toi, Emma. Maintenant, laisse-moi partir ou je te jure que je t'embrasse sauvagement.

Elle ouvrit son adorable bouche, les yeux légèrement écarquillés. Les joues rouges. Il crut qu'elle allait lâcher sa chemise. Mais non. Son cœur manqua un battement.

Que...

Chapitre 9
Le Burrito-Couette

Le cœur battant la chamade, Emma avait l'impression de sentir les mains de Louis posées de chaque côté de ses fesses, sur le lit. De percevoir la chaleur de ce corps imposant, agenouillé au sol devant elle. En fait, elle ne sentait ni son petit cœur, ni même sa propre respiration affolée.

Tout ce qu'elle percevait, c'était le regard intense de Louis, ses lèvres si proches et si lointaines. Son souffle brûlant lorsqu'il s'arrêta un instant, comme s'il attendait qu'elle le repousse. Mais elle ne le fit pas.

Sa bouche prit possession de la sienne avec douceur, délicatesse. Les yeux fermés, Emma s'agrippa à sa chemise par réflexe. Sous sa main, le cœur de Louis battait à l'unisson du sien, affolé, paniqué.

Comme si ce baiser signifiait bien plus pour lui que tout ce qu'ils avaient fait jusqu'à présent.

Sans qu'il l'y incite, elle entrouvrit la bouche, lui mordilla les lèvres. Un grondement échappa à cet homme si déroutant, qui plongea une main dans ses cheveux, l'autre appuyant brusquement contre ses reins pour la plaquer contre lui. Leur baiser fut soudain moins mignon. Plus sexuel.

Toujours agenouillé devant Emma, Louis sentit ses jambes s'enrouler autour de sa taille, tandis que ses petites mains serraient sa chemise. Il partit à la découverte de sa bouche offerte, de ce fruit défendu si sensuel.

Elle avait un gout sucré.

Brièvement, il rompit leur baiser pour la laisser reprendre sa respiration. Essoufflée, les joues rouges, Emma se cambra contre lui, avant de l'embrasser de nouveau. La sensation de ses seins sous son t-shirt était affolante, ses jambes qui attiraient son bassin plus près encore du sien allaient le rendre fou.

Il caressa sa taille, avant de remonter sous son haut. Le toucher rêche de son soutien-gorge sous ses doigts le fit gronder de frustration. Là, tout de suite, il aurait tout donné pour qu'elle n'en ait jamais racheté.

Le gémissement d'Emma, tout contre sa bouche, lui fit perdre le peu de raison qu'il lui restait. Il allait la renverser sur le lit, lorsque son téléphone sonna dans la poche de son pantalon. Merde, ce n'était vraiment pas le moment !

Agacé, il le sortit, coupa le son et le jeta sur les coussins. Tout ça sans lâcher Emma, qui ne semblait pas avoir entendu quoi que ce soit. Mordillant sa nuque, il décida de partir à l'aventure sous son soutien-gorge lorsque tout le lit se mit à trembler. Bordel, il ne l'avait pas mis sur silencieux, il l'avait mis sur vibreur !

-L... Louis ? Tu devrais répondre, non ?

Ils se regardèrent, haletant. Le rouge aux joues, les cheveux en bataille, Emma avait les yeux brillants de désir. Non. Son téléphone était beaucoup moins important, là tout de suite. Et puis, il s'était arrêté. Toutefois, il allait l'embrasser de nouveau lorsqu'il se remit à faire trembler tout le lit.

-Bordel !

Franchement énervé, il se saisit de l'appareil. Merde, c'étaient ses collègues. Il les avait complètement oubliés !

-Vas-y, rit Emma d'une voix rauque. De toute façon, le charme est rompu, non ?

Cet objet maudit resterait à jamais sur silencieux, à partir de maintenant !

*

Il ne revint pas avant tard dans la nuit. Emma se sentait un peu soulagée, en fait.

Depuis quand se comportait-elle de cette façon, bon sang !? Depuis quand elle se laissait aller à... Et.... Il... Elle rougit comme une pivoine, seule dans son lit. Puis elle cria en se roulant dans sa couette à la façon d'un burrito. Pourquoi ça la mettait dans tous ces états, hein !? Et puis, elle se sentait... Frustrée !

Pourquoi frustrée, au fait ?

Enroulée comme un maki, elle regarda sa fenêtre la tête à l'envers. Il faisait déjà sombre.

Bon sang, si ce téléphone n'avait pas sonné, à cette heure-ci ils seraient déjà... amants ? Elle perdit trois neurones à cette simple pensée. Elle n'était plus une adolescente, bon sang ! Depuis quand paniquait-elle pour ça !? Elle avait déjà eu des petits copains.

Oui, enfin, personne ne l'avait jamais fait gémir.

Gémir.

Avec un cri de détresse mêlé de honte, elle roula dans l'autre sens dans la couette, de telle façon qu'elle finit par tomber du lit. Ça lui apprendrait, tient ! Elle devait reprendre le contrôle de ses émotions. Tout était plus simple quand on n'éprouvait pas grand-chose.

Plus simple oui... Mais était-ce vraiment plus agréable ?

L'image de Louis, avec sa chemise à moitié ouverte, ses cheveux en bataille et ses yeux mi-clos de l'homme sur le point de lui faire l'amour lui revint brutalement en tête. Nan, ça, c'était vachement agréable !

Cela ne l'empêcha pas de se retrouver enroulée dans sa couette devant la télévision, en train de mâchouiller des chips en regardant une série à l'eau de rose. Ce fut la fatigue de la semaine qui finit par l'assommer suffisamment pour qu'elle s'endorme comme une souche.

Le lendemain matin, elle se réveilla toujours dans

sa couette, mais plus du tout dans la même pièce. Elle ne se souvenait pas d'avoir rejoint sa chambre. Suspicieuse, elle regarda autour d'elle. Pas de Louis dans son lit. D'un autre côté, bloquée comme elle l'était là-dedans, elle n'aurait pu agripper personne dans son sommeil.

D'ailleurs, elle était bien, elle n'avait pas envie de bouger.

Se souvenir de la veille au soir lui fit pousser un cri assez fort pour faire sursauter Louis, dans le salon un étage plus bas. La vache ! Se doutant de quoi il en retournait, il évita de se manifester. Mieux valait consulter tranquillement ses graphiques et ses rapports.

Un branlebas de combat se fit entendre en haut, lui arrachant un sourire. Décidément, pour une femme qui n'exprimait soi-disant rien, elle était sacrément bruyante. Douchée et changée, elle descendit comme une bombe pour prendre son petit déjeuner. Elle se figea en apercevant Louis, qui lui fit un grand sourire, un mug de thé à la main.

-Bonjour.

-B.... Bonjour.

Ils se considérèrent un instant.

-Heu… J'ai fait comment pour… bafouilla-t-elle en désignant l'escalier.

Avec un charmant sourire, il répondit :

-J'ai trouvé un tas de linge sale sur le canapé, je me suis dit qu'il fallait le remettre à sa place.

-Oh !

Vexée, elle tourna les talons pour s'enfuir dans la cuisine. Il fallut cinq bonnes minutes à Louis pour arrêter de rire dans son coin. En fait, son hilarité se changea en cri lorsqu'il renversa une partie du contenu de son mug sur son clavier.

Bien fait, songea Emma en l'entendant vitupérer depuis la cuisine. Ça lui apprendra à la traiter de linge sale !

D'un autre côté, elle s'était quand même écroulée sur le canapé, enroulée dans une couette. Hum… Louis arriva pour se prendre son petit déjeuner. Il l'avait attendu ?

-J'ai faim, râla-t-il en attrapant un sachet de pancakes tout prêt et de la confiture de fraise.

-Tu as toujours faim le matin, pour ce que j'en ai vu. Ta soirée s'est bien passée ?

Restant de l'autre côté du comptoir pour pouvoir lui faire face, il hocha la tête.

-Oui, il ne restait plus que la séance photo, donc ça va.

-Vous prenez en photo des godemichets ?

Il manqua s'étouffer avec sa première bouchée.

-N... Non. Enfin si, mais pas là. Heu...

-Bah, vous faisiez quoi, alors ?

Sa question innocente parut le mettre à mal. Réfléchissant à une réponse, il finit quand même par lui répondre. Pendant ce temps, elle lui piqua son pancake à la confiture.

-On prenait des photos de moi.

-Ah ? Mais tu es commercial, non ? Pourquoi prendre des photos de toi ?

-Emma, je veux bien que tu sois naïve, mais quand même. Je suis mon propre patron.

-Je me demandais quand tu allais finir par cracher le morceau.

Il éclata de rire. Emma ne put s'empêcher de sourire. Évidemment qu'elle l'avait compris. Le comportement des personnes d'hier soir avait suffi à confirmer ses soupçons. Tous l'appelaient « patron », ce qui n'était quand même pas anodin.

-Je suis crevé, soupira-t-il.

-Pareil. J'ai juste envie de rien faire.

Ils se regardèrent. Louis lui sourit presque tendrement.

-Ce qui est bien, c'est que l'on peut rien faire, mais à deux.

C'est ce qu'ils firent, en restant vautrés sur le canapé panoramique une bonne partie de la journée. À vrai dire, ils enchainèrent les épisodes de la série qu'ils avaient commencés ensemble, avant d'en entamer une autre.

Ne rien faire, mais à deux.

Ils aimaient bien le concept.

Quel dommage que cette colocation ne soit que temporaire…

Chapitre 10
Rapport de Précision

-Vous nous avez oubliés, c'est ça ? fit Virginie, en avisant les deux fautifs.

S'ils étaient lavés, il n'en restait pas moins que Louis et Emma se trouvaient très clairement en tenue maison. Shorts distendus, débardeurs trop grands. Et surtout, cheveux en bataille. Oh, pas parce qu'ils avaient fait quoi que se soit. Depuis le vendredi soir, ils n'avaient même pas reparlé de ça. En fait, ils profitaient seulement de leur week-end pour se reposer.

-On s'amusait sans nous ? ajouta Clarisse avec un grand sourire.

-La semaine a été difficile, expliqua Louis. On était sur les rotules tous les deux, désolé. Je vais voir ce que je peux vous préparer pour le repas.

Il était bientôt dimanche midi. Ils avaient prévu des pâtes, à la base. Bien décidée à leur éviter de faire quelque chose de trop compliqué, Emma arrêta son hôte avant qu'il n'atteigne le frigidaire.

-Ne t'embête pas. C'est déjà gentil de m'héberger et d'accepter de recevoir mes amies, tu ne vas pas en plus cuisiner pour tout le monde.

-Vous êtes sure ?

Ses deux amies hochèrent la tête.

-Oui, ne t'embête pas, fit Virginie. Au fait, Emma, tu as un maillot de bain pour la piscine ?

Elle cligna des yeux.

-Heu... Non. J'ai pris que l'essentiel.

-Pas de soucis ! s'exclama Clarissa lui montrant son sac de plage. Je m'en doutais, alors je t'en ai pris un. Louis, on peut te l'emprunter ?

-Bah... Heu, oui, je n'ai pas mon mot à dire, non ?

Quand les trois amies se furent éclipsées, vers les étages, il eut une sueur froide. Il avait l'impression d'être analysé de la tête aux pieds. La journée allait être longue.

À l'étage, Emma se retrouva avec deux femmes surexcitées. La maison leur plaisait, sa chambre aussi. Elles furent stupéfaites d'appendre qu'elle n'avait pas fouillé dans les moindres recoins pour découvrir les secrets de Louis. Elle n'était même pas allée dans sa chambre à *lui* !

Ni une ni deux, les terreurs allèrent jeter un coup d'œil, poursuivi par une Emma bien embêtée. Non pas que Louis lui ait fait le coup de Barbe Bleue, avec un endroit en particulier où elle ne pouvait pas aller bien qu'elle ait la clé. Mais quand même, sa chambre ! C'était intime.

D'ailleurs, il n'y avait pas grand-chose de particulier. Masculine, propre, avec un lit fait.

-Vous avez chacun une salle de bain, où il y en a qu'une seule ?

-Une seule, pourquoi ?

Elles eurent l'air machiavéliques. Mais qu'est-ce qu'elles voulaient, bon sang !?

-Allez viens, ma grande ! Tu vas nous raconter comment ça se passe !

Depuis la cuisine, Louis entendit des cris pendant un petit moment. Virginie et Clarisse étaient indéniablement vigoureuses. Emma lui avait dit qu'elles faisaient la coupe d'or du sexe cet été. Il rit pour lui-même. Il fallait bien profiter de cette période de sa vie. Toutefois, il était ravi qu'elle ne suive pas la même voie pour cette saison.

Il sourit en découpant des tomates en rondelles. Oui, il en était ravi. Pourtant... il s'arrêta. Il allait bien devoir lui parler, à un moment donné. Rah... Les deux mains sur le plan de travail de la cuisine, il inspira profondément. Il culpabilisait tellement qu'il ne l'avait pas approché depuis vendredi soir. Pas de façon charnelle, en tout cas.

Charnelle...

La sensation de son corps contre le sien, de sa bouche dévorant la sienne semblait le hanter. Pas de façon désagréable, loin de là. Bordel, il n'avait même pas pu la déshabiller... Ce n'était pas ce qui l'embêtait le plus dans l'histoire, mais quand même...

Les filles crièrent, avant qu'il n'entende un gros « plouf ». Ah... Il allait les laisser tranquilles. Emma avait probablement besoin de se retrouver seule avec elles, un petit moment. Il en profita pour terminer les découpes du repas, dresser la table dans la cuisine et commencer la cuisson. Une fois les pâtes jetées dans l'eau et le minuteur enclenché, il se dit qu'il fallait tout de même les appeler.

-Louis, tu ne viens pas avec nous ?

Il fit un bond. Perdu dans ses pensées, il ne l'avait pas entendu arriver. D'un autre côté, comment entendre les pas d'une femme pieds nus, trempée de la tête aux pieds, en bikini noir qui mettait en valeur une poitrine absolument magnifique ?

Sans lui répondre, il attrapa la ficelle tombée sur le devant, qui composait le nœud du haut sur la nuque d'Emma. Elle se rapprocha de lui par réflexe, afin qu'il ne défasse pas tout et qu'elle ne se retrouve pas seins nus dans la cuisine. Ce n'était pas vraiment nécessaire, pourtant elle se retrouva tout contre lui, les mains sur son torse, les joues rosies. Mmh...

-Cela te va très bien, murmura-t-il d'une voix rauque.

-Je... J'ai pas l'habitude, je me sens pas très à l'aise....

L'embrassant sur la tempe, il glissa le bout de ses doigts sur sa nuque, puis entre ses omoplates. Le frisson qui la parcourut lui donna des idées toutes plus classées X les unes que les autres.

-Tu préfères que je te l'enlève, alors ?

Il tira légèrement sur la ficelle de son haut, affolant aussi bien son propre cœur que celui d'Emma.

-Hein ? Non, attend, les filles...

Merde, il les avait oubliées, celles-là.

-Décidément, ça se goupille mal, marmonna-t-il en la relâchant.

-Tu viens quand même ?

-Mmh, ça va ça va, j'arrive. Je vais mettre un maillot.

Se retrouver avec trois belles femmes dans une piscine n'était pas déplaisant, mais Louis ne s'intéressait qu'à une seule d'entre elles. Logée dans une bouée, Emma pataugeait gaiement. Torse nu, en short de bain large, Louis l'observa un instant. Cette position pliée en deux dans le trou de la bouée semblait doubler le volume de sa poitrine. Intéressant.

-Eh ben, tu dois passer beaucoup de temps à la salle de sport !

La remarque venait de Clarisse. Il en profita pour

se mettre dans l'eau.

-C'est une obligation avec mon travail, soupira-t-il. Mon dernier repas bien gras en date c'était avec Emma samedi de la semaine dernière. Avant, ça faisait des mois et des mois d'alimentation équilibrée. C'est chiant.

-C'est vrai, confirma Emma. Grâce à lui j'ai perdu un kilo dans la semaine !

Vu la tension sexuelle qui régnait entre eux, elle devrait s'abstenir de dire ce genre de choses. Ou alors était-ce lui qui avait l'esprit mal placé ? Mmh, bonne question.

-Ça fait longtemps que tu as ce tatouage dans le pli de l'aine ?

Virginie. La deuxième amie d'Emma le fixait avec un léger froncement de sourcils. Il se figea, avant de plonger la tête sous l'eau pour se rafraichir. Il faisait chaud en plein soleil, autant profiter vraiment de la piscine. En émergeant, il répondit.

-Ouais. C'était une erreur d'ado.

En fait, il détestait ce tatouage, non pas parce que c'en était un, mais pour ce qu'il représentait. Au moins, cela lui servait d'avertissement personnel, qu'il pouvait revoir tous les jours dans le miroir. Un foutu signe tribal descendait de son aine vers la base de sa verge, tel un chemin à suivre.

-Ça fait mal ? demanda Emma. J'ai peur des aiguilles, j'ai du mal à imaginer ce que ça fait.

-Ben, j'étais bourré quand je l'ai fait faire la première fois, marmonna-t-il. Les retouches par contre, ça faisait mal. Je ne vais pas te mentir.

-Bourré ? Je ne te vois pas consommer d'alcool, ça me surprend.

-C'était il y a onze ans, même moi j'ai le droit de changer. Je ne touche plus une goutte depuis ce foutu tatouage, d'ailleurs.

Pour ça, et pour son réveil au milieu d'une orgie. Ça, il ne le dirait pas. Il avait moyennement apprécié la perte de mémoire, l'apparition d'un signe sur sa peau qu'on ne pouvait pas enlever sans des séances très douloureuses, et aussi de se retrouver entouré de gens avec qui il avait couché, mais dont il ne se souvenait absolument pas. La perte de contrôle, ce n'était pas son truc, il l'avait compris tout de suite.

-À t'entendre parler, tu as fait plein de trucs répréhensibles.

-Ça dépend du point de vue.

-Tu ne dis pas ça pour te faire mousser auprès de trois belles jeunes femmes ? lança Clarisse avec un air mutin.

Virginie, elle, continuait à le dévisager les sourcils froncés. Il se crispa soudain. Attendez. Elle ne l'avait pas reconnue, quand même ? Non...

-Ce n'est pas vraiment mon genre. Bon, excusez-moi, mesdemoiselles, mais j'ai des pâtes à égoutter.

En attendant, il sentait qu'il allait devoir réfléchir très vite à ce qu'il voulait dire à Emma.

*

Le rapport sur les jouets sexuels réussit à faire rougir Emma comme une pivoine. Très concentré et nullement gêné, Louis enchainait les questions derrière son ordinateur, tout en notant les réponses de ses amies. Il parvint même à les faire rougir devant la précision demandée, et pourtant elles n'étaient pas prudes !

Texture, qualité, angle d'attaque, maniabilité, vitesse d'orgasme, multiplicité, envie de réutiliser ce machin, seule, à plusieurs... Elle découvrit des détails de la sexualité de ses amies qu'elle aurait préféré éviter de connaitre.

Et lui qui débitait toutes ses questions sans même broncher !

À la fin de l'après-midi, tous étaient épuisés, mais de bonne humeur. Louis s'éclipsa pour aller remettre son ordinateur portable en charge. Il devait être dix-sept heures passées. Clarisse était retournée barboter avant de partir, aussi Emma se retrouva-t-elle seule avec Virginie.

-Emma, il faut que je te dise quelque chose à propos de Louis.

La jeune femme remonta ses lunettes sur son nez, pour mieux regarder son amie. Elle semblait bien embêtée. Évidemment, elle avait remarqué ses sourcils froncés depuis midi. Toutefois, elle n'avait pas pu lui poser de questions jusqu'à présent.

-De Louis ? Qu'est-ce qu'il y a ?

-Il t'a dit dans quoi il travaillait ?

-Vaguement, pourquoi ?

Louis, qui se trouvait dans le couloir à ce moment-là, s'arrêta net. Elles ne pouvaient le voir, par contre lui les entendait.

-Écoute, je ne l'avais pas reconnu au Starbique, mais son tatouage m'a dit quelque chose. Je suis sûr de moi, il est...

-Arrête.

Emma lui sourit pour atténuer son ton légèrement sec. Virginie avait réagi comme si elle l'avait giflé, pourtant elle ne fit pas marche arrière.

-Je sais que tu cherches à me protéger, tout comme je sais que Louis ne me dit pas tout sur sa situation professionnelle. Mais je lui fais confiance. Il me dira tout s'il le souhaite, un jour. Il doit y avoir une raison pour qu'il hésite autant, j'en ai bien conscience.

Elle se passa une main sur la nuque, un peu gênée.

-Tu sais, Louis est quelqu'un de bien. Je veux l'entendre de sa bouche. Pas d'une tierce personne.

Virginie hésita, avant de pousser un gros soupir.

-Décidément, on ne te refera pas ! Enfin, tu as

raison. Il n'a pas l'air bien méchant. Mais je vais quand même me renseigner un peu plus de mon côté.

-Tu fais ce que tu veux, mais ne laisse pas ton jugement être biaisé. Le seul à connaitre la vérité, c'est lui.

-La voix de la raison, comme toujours ! Allez viens, on va chercher Clarisse avant qu'elle ne se transforme en limace dans la piscine.

Une fois tout le monde parti, Emma se laissa tomber sur le canapé du salon avec un profond soupir. En débardeur et simple maillot de bain en dessous, elle se dit qu'elle devrait au moins aller mettre un short. Le week-end touchait déjà à sa fin. Si vite... Son samedi comme son dimanche avaient été très agréables.

Elle sourit malgré elle.

Ça faisait du bien d'être entourée comme ça.

À la recherche d'un short, elle sursauta quand Louis toqua à la porte ouverte de sa chambre. Il avait l'air tendu.

-Tout va bien ? s'inquiéta-t-elle.

-Emma... Il faut qu'on parle.

-Heu... À quel sujet ?

-Ton amie a raison. Je pense que tu mérites la vérité sur ce que je fais. Après ça... Je respecterais ta décision, quelle qu'elle soit. Si tu ne veux plus que je t'approche, je ne t'approcherai plus, d'accord ?

Le cœur serré, elle s'assit sur son lit. Elle sentait qu'elle allait en avoir besoin. Elle s'attendait à tout, sauf à ce qui suivit.

-Je suis un acteur porno, Emma.

Chapitre 11

Un Métier Peu Commun

La joue sur son bureau, Louis regardait par la fenêtre de ses locaux, en plein centre de Toulon, avec des soupirs réguliers. Il était arrivé à huit heures du matin, pour s'affaisser sur son siège jusqu'à se retrouver dans cette position peu confortable, mais dont il ne bougerait pas.

Ses employés étaient arrivés, lui avaient posé des questions auxquelles il avait répondu par un vague grognement. Personne ne l'avait jamais vu dans cet état, mais il s'en foutait.

Il n'avait même pas eu le courage de l'affronter ce matin. Il l'avait laissé partir avant de sortir de sa chambre. Ce n'était pas le plus mature, il le savait. Toutefois, il revoyait la tête d'Emma hier soir. Les yeux écarquillés, la bouche entrouverte. En fait, elle n'avait plus bougé dès l'instant où il lui avait révélé sa profession. Comme un robot à qui on aurait ôté les piles, il n'y avait ni réception ni mouvements. Il avait fini par lui dire qu'il la laissait réfléchir à tout ça. Une heure plus tard, quand il était repassé pour aller à la salle de bain, elle n'avait toujours pas bougé.

Pourquoi il lui avait dit, hein ? Il aurait pu se taire et... et... vivre dans le mensonge ? Bon sang, mentir n'était jamais une bonne option ! Mais il ne pouvait quand même pas lui faire l'amour sans lui dire, non ? Ouais, et maintenant, il n'avait plus aucune chance de la toucher... Foutue morale...

-Dis-moi... Tu as eu un problème avec ta colocataire ?

Henry se laissa tomber sur la chaise devant son bureau, avant de poser les pieds sur ce dernier. Il savait que Louis détestait ça. Pourtant, il ne réagit même pas, ce qui l'alerta sur l'état de son ami.

Ne recevant pas de réponses, Henry se demanda si la question avait atteint son cerveau.

-Eh oh, patron ? Louis ? LOUIS !?

Il sursauta en se redressant, la marque du dessous

de main sur la joue. Ah bah pour le sexe-symbole des acteurs pornos, il faisait un bon tableau, là.

-Quoi ? grommela-t-il en laissant aussitôt retomber sa tête, pour recommencer à fixer la fenêtre. Enlève tes pieds de là.

-Ça fait trois heures que tu es arrivé, et tu n'as toujours pas bougé. Tu as un tournage, une séance photo et un interview cet après-midi. Tu devrais te bouger.

-Pas envie.

-Comment ça, pas envie ? Comment le roi du porno peut-il ne pas avoir envie !?

-Je ne suis pas le roi du porno !

-Ça fait sept ans que tu gagnes le prix du meilleur acteur de l'année, sans compter tous les prix secondaires ! Tu te fous de moi !?

-Ça va ca va, pas la peine d'en rajouter ! J'ai pas envie, j'ai le droit, non !?

Il eut un petit silence, suite auquel Henry frappa sur le bureau en bois vernis de Louis. À n'en pas douter, on l'entendit crier depuis l'extérieur de la pièce, mais il s'en foutait.

-De toutes les bombasses folles de culs qui t'entourent, tu as choisi la seule prude de tout Toulon ! Tu me fatigues, Louis !

-Je fais ce que je veux !

-Bon sang, on est dans le sud de la France en plein été ! Y a des occasions à tous les coins de rue, surtout pour toi ! Tu sais combien de femmes rêvent de coucher avec toi !? Mais non, monsieur fait la fine bouche et évite les marathons sexuels des filles de la saison !

-Un peu comme les copines d'Emma, tu veux dire ?

Henry baissa les yeux sur son ami, qui avait posé le menton sur le bureau, cette fois-ci. Ah, il faisait moins limace, comme ça.

-Ça m'intéresse. Elles sont jolies ?

Louis grimaça.

-Je pense surtout que toi et Charles avez déjà couché avec, il y a deux semaines.

-Comment ça ? Tu veux dire, le jour où tu as rencontré Emma ?

-Ouais.

-Bordel, tu veux que je te rappelle que je suis bisexuel ? Je suis parti avec un mec ce soir-là. Un échec, d'ailleurs. Purée, Charles a dû mettre la main sur l'une d'elles ! Charles !

Alerté par le grabuge, l'avocat de la boite, l'un de ses meilleurs amis avec Henry, entra dans le bureau. Il écoutait à la porte depuis tout à l'heure, non ? Soudain, Louis eut un doute. Combien de personnes épiaient leur conversation, là ?

-C'est toi qui as couché avec les copines de sa colocataire !?

Charles, un homme viril et plein de charmes, haussa un sourcil. Dragueur invétéré, il aimait particulièrement la période estivale pour le renouvellement des stocks de partenaires potentielles.

-Qu'est-ce que j'en sais, moi ? Je ne connais ni sa coloc ni ces filles-là. Tu as une photo, Louis ?

Exceptionnellement, oui. Emma avait insisté pour en prendre une. Visiblement, son dimanche après-midi avait été très important pour elle. En sortant son téléphone avec la photo de lui et des trois filles en maillot de bain, il se dit que son visage figé à l'annonce de son métier resterait à jamais gravé dans sa mémoire.

-Purée, rien qu'à la photo on dirait un de tes pornos, lança Henry. Trois jolies filles avec toi, au bord de la piscine, à moitié nues.

-On a rien fait !

-Je suis juste jaloux.

-Y a pas de quoi. Tu sais très bien qu'en dehors du travail, je n'ai plus eu de relation avec quelqu'un depuis bien longtemps.

Il réfléchit, pendant que Charles regardait lui aussi la photo avec un sifflement admiratif. Ça faisait combien de temps, en fait ? Depuis ses vingt-huit ans, il avait remis certaines choses en perspectives, et les parties de jambes en l'air débridées n'étaient plus trop à son gout. Au grand désespoir de l'avocat et de son secrétaire. Le nombre de fois qu'ils l'avaient utilisé comme appât.

-Les deux nanas, effectivement, j'ai couché avec elles il y a deux semaines.

-En même temps !? s'exclama Henry.

-Par contre, la petite à lunettes je la connais pour

une autre raison.

Louis releva complètement la tête de son bureau. Charles, qui continuait à étudier la photo, ne remarqua pas sa réaction. Henry, par contre, n'en perdit pas une miette.

-Comment ça ?

-Tu sais que je donne des cours à la fac de droit de Toulon, de temps en temps ? C'est à ce moment-là que j'ai recruté Emma. Elle a fait un stage d'un mois dans mon cabinet, l'année dernière. Très compétente, consciencieuse et déterminée. Il me semblait qu'elle travaillait au Starbique en même temps qu'elle gérait ses études.

-C'est bien ça, fit Louis. Attends, tu as d'autres choses à me raconter ?

Charles lui fit un sourire fourbe.

-Oui, mais uniquement si tu te mets au boulot.

Foutu avocat !

*

-Emma, tu mets tout à côté !

Son collègue lui arracha la tasse des mains, avant de lui dire d'un ton agacé d'aller dans la salle de repos faire une pause. Là, Emma regarda droit devant elle sans rien voir. Puis elle poussa un cri en se prenant la tête dans les mains.

Étant donné que c'était la troisième fois depuis ce matin, son collègue ne prit pas la peine de venir.

S'affaissant sur son siège, Emma frappa la table du poing, avant de laisser tomber sa tête dans ses bras croisés.

Pourquoi elle avait rien dit, hein !?

Avec un gémissement, elle se frotta les cheveux, se décoiffant totalement. Comment allait-elle faire pour rattraper le coup, maintenant ? Elle n'allait pas dire que la nouvelle ne l'avait pas surprise, voir choquée. Mais que pouvait-elle y faire, hein ? Rien.

Même si elle ne comprenait pas encore le rapport entre son travail de semi-commercial et son activité d'acteur porno, elle devait arrêter de trop réfléchir. Sauf qu'elle commit une erreur stupide. Sortant son téléphone de sa poche, elle tapa le nom de Louis sur le moteur de recherche. Des photos toutes plus sexy les unes que les autres sortirent. En chemise ouverte, sans chemise, avec un regard sexy, un sourire torride, les cheveux mouillés, pas mouillés. Et entièrement nu. Même si le floutage était bien placé, elle lâcha son téléphone avec un nouveau cri.

La vache !

Elle ne pouvait pas regarder ça ! Il était beaucoup trop beau dessus. Attendez, si elle pouvait le voir, plein de personnes pouvaient le voir aussi, non ? Elle réfléchit. En plus, ce n'était pas le pire. S'il était acteur porno, ce n'était pas que son torse que l'on pouvait voir.

D'un seul coup, son téléphone parut être son pire ennemi et sa plus grande tentation.

-NON ! s'exclama-t-elle en prenant sa tête entre ses mains.

-Tu es toujours aussi expressive, toi ?

Elle manqua tomber de sa chaise. Un illustre inconnu se trouvait dans la salle de pause. Grand, plutôt beau, il la fixait avec des sourcils froncés.

-Qui vous a laissé entrer ? Vous...

-Oh, ça va, je couche avec ton collègue, ça me donne un passe-droit. Je suis un pote de Louis. On s'est vu brièvement le soir où ton ex a cherché à t'agresser.

Ah oui. Elle se souvenait de lui, maintenant. Vaguement. Roux.

-Ah. Heu, merci d'être venu m'aider.

Un silence s'abattit entre eux. Henry semblait l'évaluer, ce qui la mit franchement mal à l'aise. Plus encore lorsque ses yeux se posèrent sur son téléphone, dont l'écran toujours allumé montrait la photo floutée de Louis. AH ! L'attrapant à la volée, Emma le fourra dans sa poche, le rouge aux joues. Le ricanement de l'autre ne lui échappa pas.

-Tu devrais discuter avec Louis, au lieu de regarder sur internet. Il y a un paquet de conneries à son sujet sur la toile.

-Bah, j'ai pas pu le voir, ce matin...

-Tu veux venir dans nos bureaux ? Il est en plein tournage.

*

-Tu as fait quoi !? rugit Louis en secouant Henry comme un prunier.

-Attends, attends ! Rhabille-toi avant, mon gars !

Il venait tout juste de finir son tournage, il sentait le sexe et il était nu comme un vers. Pourtant, habitué à tout ça, surtout devant son ami, Louis ne prit pas la peine de le lâcher, pour le secouer un peu plus fort, devant toute l'équipe, ses deux partenaires du jour comprises. Exténuées et languides, elles n'étaient pas encore parvenues à se relever.

-Pourquoi tu es allé la voir, hein !?

-Pour voir comment elle avait réagi à ta déclaration, vu que tu n'as pas eu le courage de la contacter.

-Mais pourquoi tu l'as invitée à venir ici, hein !?

-Pour voir sa réaction !

Justement, c'était bien ça qui l'inquiétait. S'arrêtant de le secouer, il regarda Henry avec suspicion.

-Aux dernières nouvelles, elle est toujours figée dans sa salle de pause avec une tête de con.

Ah. Bon, au moins, elle n'était pas ici. Par contre, elle avait eu la même réaction qu'hier soir. Une absence de réaction, en fait ? Ce n'était pas bien rassurant. Soudain, il eut un choc. Et si elle ne réagissait plus à son contact ? Si elle mettait une barrière invisible entre eux, parce que son métier la rebutait à ce point-là ?

Louis n'avait jamais eu honte de sa profession. Certains étaient faits pour les finances, lui il était fait pour la pornographie. Chacun ses talents. Toutefois, il n'avait pas eu beaucoup de relations amoureuses. En partie par choix, et en partie parce que les rares femmes qui l'avaient intéressé de cette façon l'avaient rejeté.

Lui qui était entouré de femmes consentantes et ravies de tourner avec « le » Louis, il était amoureusement attiré par celles qui n'avaient aucun rapport avec son monde.

-Franchement, Louis... Elle est mignonne, mais elle a l'air stupide.

-Si elle l'était, Charles ne l'aurait jamais recruté pour son stage, tu te souviens ? cingla-t-il. Emma est loin d'être stupide.

-C'est qui, Emma ? roucoula une de ses partenaires de tournage.

Il la considéra un instant, hésitant à la remballer sèchement. Malheureusement, elle était encore nouvelle dans le milieu, et il était connu pour tout faire pour faciliter la vie des nouvelles recrues. Ce n'était pas pour rien si son agence comptait des célébrités du milieu, maintenant.

-C'est ma colocataire.

-Ta coloc ? Mais tu n'es pas milliardaire ?

-C'est compliqué, grommela-t-il en reportant son attention Henry. Toi, tu t'approches encore d'Emma pour lui dire des conneries et je t'éclate les testicules, comprit ?

-Ah. Ça ne t'intéresse donc pas de savoir ce qu'elle regardait sur son téléphone ?

Chapitre 12
Problèmes de Communication

Elle ne le vit pas de la semaine. Parti en voyage d'affaires en Bretagne pour une inspection de l'usine de sex-toys, il lui avait annoncé qu'il ne rentrerait pas avant dimanche soir, dans le meilleur des cas. Par un simple SMS.

Emma émit un reniflement misérable. Roulée dans sa couette, il n'y avait que sa tête et ses pieds qui dépassaient. Avec la climatisation, elle se sentait au chaud, mais c'était une chaleur agréable. Même si cela ne suffisait pas à calmer les tourbillons dans son esprit.

Petit un : Louis est un acteur porno.

Petit deux : Louis est un acteur porno.

Fronçant les sourcils, elle se demanda si son petit un ne ressemblait pas à son petit deux. Ah, si. Bon, elle devait tenter de réfléchir un peu mieux.

Bon, d'accord, Louis est un acteur porno. Ça, elle

l'avait bien compris. D'après sa page Wikipédio, il était également un jeune milliardaire à la tête d'une grosse entreprise basée sur le tournage, la gestion des contrats des acteurs, mais aussi la distribution et la commercialisation des vidéos et des jouets sexuels variés. Il jouait aussi bien sur le tableau d'internet que des grosses conventions et des petits sexshops, pour les amateurs.

Le prix dont il avait parlé la semaine dernière, c'était d'ailleurs son septième prix du meilleur acteur pornographique. Elle ne savait pas quels étaient les critères de sélection, mais des interviews de diverses actrices internationales disaient qu'elles se battaient pour pouvoir tourner avec lui. Quand on leur demandait si c'était pour la visibilité, elles répondaient aussi : pour le plaisir.

A priori, tourner avec lui était un plaisir incroyable, et elles en redemandaient toutes.

Emma poussa un cri de frustration dans sa chambre, tout en rebondissant comme un burrito sur son lit.

D'après ce qu'elle avait appris, depuis un an il

diversifiait son activité avec la conception et la commercialisation de jouets sexuels. Le premier modèle, basé sur sa propre anatomie, s'était vendu à des milliers d'exemplaires à travers le monde. Voyant que son nom pouvait faire fructifier cet aspect-là du métier, il avait décidé de se concentrer là-dessus, tout en sortant une collection de lingerie coquine, des jeux, des…. Bref, c'était un monstre en marketing. Il savait se vendre.

Pas étonnant qu'il soit milliardaire à son âge. On ne le devenait pas en restant acteur. Tout ce qu'il avait aujourd'hui, il l'avait acquis à force de travail.

Pourquoi ne lui en avait-il pas parlé plus tôt ?

Avec un soupir, elle extirpa un de ses bras de sa couette, afin de regarder son téléphone. Jeudi soir. Louis n'avait toujours pas répondu à son message. Était-il contrarié, lui aussi ? Est-ce qu'il lui en voulait ?

Elle n'était pas parvenue à le voir depuis cinq jours. Or, elle ne voulait absolument pas lui parler de tout ça par téléphone. Elle voulait le voir.

En fait, c'était juste ça. Elle voulait le voir.

-Tu me manques, Louis, soupira-t-elle en laissant

retomber sa tête en arrière.

*

Il était à bout de force. Louis rentra de son voyage totalement éreinté, en pleine nuit le dimanche soir. La visite s'était bien passée, mais les entretiens avec les fournisseurs, les designers et les concepteurs de ses produits avaient été épuisants. Sans compter deux interviews, et une séance photo pour le site qui distribuait le plus ses vidéos.

Vanné, il fut à peine soulagé de rentrer à la maison. Il en était persuadé, Emma lui en voulait. Son voyage d'affaires était vraiment mal tombé… Mais pour le moment, il avait du mal à réfléchir en raison de la fatigue.

Se trainant jusqu'à sa chambre, il s'arrêta, avant de retourner en arrière. Celle d'Emma était ouverte.

Et vide.

*

Elle venait à peine de réussir à sombrer lorsqu'on toqua à sa porte. Que… trois heures du matin !? Chaussant maladroitement ses lunettes, pas du tout réveillée, elle alla ouvrir. L'absence de climatisation dans son appartement l'empêchait de dormir depuis samedi soir, lui faisant passer des nuits horribles accompagnée de ses seuls tourments. Aussi en voulait-elle à mort à la personne qui osait la réveiller !

Sauf que sur son palier, les mâchoires serrées et les yeux lançant des éclairs, toujours en costume-cravate, Louis avait les bras croisés.

Si elle ne l'avait jamais vu en colère, là, elle sut qu'il était fou de rage.

Pour autant, elle n'eut pas peur.

-Louis, souffla-t-elle avant de se souvenir de l'heure. Rentre.

Il n'y avait pas grand monde en plein été dans une résidence étudiante, mais ceux qui, comme elle, se trouvaient là pour travailler avaient besoin de dormir. Sans se faire prier, Louis entra, se laissa tomber sur son lit, avant de défaire sa cravate avec colère.

-Écoute, Emma, gronda-t-il sans même la regarder, alors qu'elle venait s'asseoir sur son propre bureau, en face de lui. Que tu ne veuilles pas me voir, j'accepte. Que tu ne veuilles plus me parler, j'accepte.

Mais que je découvre que tu t'es barrée pendant mon voyage sans un mot, ça, je n'accepte pas du tout !

-Louis...

-Bon sang, Emma ! Si tu veux que je parte, je partirai, mais j'aimerais au moins discuter avec toi !

-Mais laisse-moi parler, alors !

Il se tut en le fusillant du regard, avant de fixer le sol. L'épuisement se lisait sur son visage. Il venait à peine d'arriver, non ? Et il était venu directement ici quand il avait remarqué son absence... Elle se mordilla la lèvre inférieure, indécise. Une petite voix lui disait que c'était un détail important, mais celle de la raison, plus forte, lui dit de se taire. Les séries à l'eau de rose qu'elle ingurgitait depuis une semaine lui faisaient penser n'importe quoi !

-C'est toi qui ne m'as pas répondu.

-Hein ?

-Je t'ai envoyé un message, Louis.

Il parut tomber des nues. Oh bon sang... S'il n'avait rien reçu, elle comprenait mieux sa réaction. Découvrir la maison vide à son retour, après ses révélations, avait dû lui faire un choc. Pas étonnant qu'il soit ici à trois heures du matin.

-Louis, je suis vraiment désolée, je ne voulais pas disparaitre. C'est juste que j'ai cru que… tu ne voulais pas me parler à cause de ma réaction.

Tous deux tête baissée, ils restèrent un long moment silencieux. Finalement, Louis eut un rire tendu.

-Faire des suppositions chacun de son côté n'était pas une bonne idée, je suppose. Je voulais te laisser le temps de digérer tout ça.

-Et moi, au plus je réfléchissais au plus je pensais que tu m'en voulais… Pourquoi tu ne m'as pas répondu ?

-Mon téléphone est tombé dans une cuve de silicone bouillant le premier jour.

Sérieusement ? Il grimaça en se passant une main sur le visage, tandis qu'Emma riait doucement. De toutes les raisons, elle n'aurait jamais pensé à celle-là !

-Tu m'as envoyé combien de messages ?

-Pas beaucoup. Une dizaine ?

-Si j'avais su… Je suis désolé, Emma… Je t'aurais répondu de rester à la maison.

Elle haussa un sourcil.

-Pourquoi ? C'est déjà gentil de m'avoir hébergée et…

-Parce qu'il fait beaucoup trop chaud chez toi ! Bon sang !

Ôtant totalement sa cravate, puis sa veste, il s'attaqua aux boutons de sa chemise. Hum… Jusqu'où comptait-il aller, comme ça ? Ah, il s'arrêta aux trois premiers. Quelle déception… Quoique, il était sexy ainsi.

-J'avoue que la climatisation me manque, marmonna-t-elle. Je n'ai quasiment pas dormi la nuit dernière à cause de ça.

-Pourquoi ne pas rentrer avec moi, dans ce cas ?

Son cœur manqua un battement. Ils se regardèrent. Dans son petit appartement, ils n'étaient pas loin l'un de l'autre. Louis aurait juste eu à tendre la main pour la toucher. Elle aurait juste eu à descendre du bureau pour l'enlacer.

-Tu sais que je risque d'y prendre gout ? La climatisation, la piscine… Ta présence.

Durant ce week-end seule chez elle, elle s'était rendu compte que l'on s'habituait rapidement à la présence d'une personne. Ses discussions le matin. L'attendre le soir. Parler. Savoir qu'il était là. À côté. Disponible. Souriant.

-Tu me manques, Emma, souffla-t-il.

-Toi aussi tu me manques, bafouilla-t-elle en se jetant dans ses bras.

Il la serra contre lui, sans mot dire. Enfouissant son visage dans sa douce chevelure, il huma son odeur, savoura son contact. Parfois, il y avait des personnes qui rentraient dans vos vies, de façon aussi inattendue qu'agréable. Elles prenaient une place plus importante que prévu, plus vite que prévu.

En cet instant, pour rien au monde il n'aurait voulu être ailleurs. Et même si les larmes d'Emma mouillèrent son cou, il ne la lâcha pas. Pas cette fois-ci.

Chapitre 13
Le Roi du Porno

Le lundi matin, Emma émergea au son de son réveil avec des années-lumière de sommeil en retard. Elle l'éteignit avec un grognement, maudissant le créateur de ce machin, le travail et les factures à payer. Elle n'avait qu'une envie, c'était dormir. Ils étaient rentrés à quatre heures du matin, et ils s'étaient effondrés de fatigue.

Effondré ?

Elle ouvrit totalement les yeux. Elle n'était pas dans sa chambre. Ni dans son studio.

Oh… Mon… Dieu.

Comment elle avait fait pour réussir à s'endormir ici !?

Tout habillée, elle se trouvait dans le lit de Louis. Avec Louis. Et plus précisément, dans une position terriblement intime, celle de la petite cuillère. Elle pouvait sentir sa chaleur contre son dos, son bassin collé à ses fesses. En fait, elle était très bien installée. Elle se sentait… En sécurité… Les bras passés autour d'elle, il la tenait comme s'il craignait qu'elle ne s'en aille.

Malheureusement, elle devait vraiment partir travailler…

Cherchant à partir sans le réveiller, elle se tortilla comme un vers de terre pour échapper à sa prise. Ce fut un échec. À la seconde où elle parvint à s'asseoir, son bras passa autour de ses épaules, et il la tira en arrière pour la plaquer contre son torse.

-Tu te lèves tôt, souffla-t-il en lui mordillant la nuque.

-Ah !

-Ça, c'est une réaction que j'apprécie.

-Louis ! Lâche-moi ! Je dois partir travailler !

-Pff, moi aussi…

Cela la fit légèrement tiquer. Il dut le sentir, car il la lâcha aussitôt, lui permettant de se relever pour dissimuler son trouble. Ils n'avaient pas encore pris le temps de réellement discuter. Louis n'avait pas encore expliqué son histoire. Pourtant, elle avait décidé d'accepter.

Mais bon, il ne fallait pas trop lui en demander non plus.

Il fallait pouvoir digérer le fait que l'homme qui vous attirait partait pour sauter des filles dans le cadre de son travail.

Bon, concrètement, ils ne couchaient pas ensemble, tous les deux. Ils ne sortaient même pas ensemble. Donc, elle n'était pas censée réagir ainsi. Et lui ? Était-il censé réagir ainsi à la découverte de son départ ? Elle qui était supposée ne rien éprouver, ne rien laisser transparaitre, elle se sentait perdue, désorientée... Mais bien.

D'ailleurs, au Starbique, elle parvint à travailler normalement en dépit de la fatigue. Le retour de Louis dans sa vie l'apaisait. Alors, elle devait se secouer les puces.

*

-J'ai faim ! s'exclama Henry.

-Et moi j'ai sommeil, grommela Louis.

-Pareil.

Charles, son avocat et ami qui l'avait suivi dans sa visite des usines de Bretagne, était arrivé aussi tard que lui à Toulon. Tous deux étaient moulus au possible.

-Vu ta gueule, heureusement que tu n'as pas de tournage aujourd'hui, remarqua son secrétaire.

Louis ricana.

-Je n'en ai pas de la semaine, ça va me changer un peu. Depuis le début de l'été, c'est la folie. C'est vraiment la saison du cul.

-Bah oui, c'est un peu comme le tourisme. On a beaucoup d'activité dans cette période. Tu en es où avec ta petite prude ?

-Henry, si tu parles d'Emma je t'arrache la langue.

Son ami gloussa, ainsi que Charles. Quoi ? Sa réaction était si drôle que ça ? Agacé, il se souvint d'une chose.

-Il y a un moyen de récupérer les messages que j'ai perdu avec mon téléphone ?

-Celui que tu as jeté dans la cuve sans faire exprès, tellement tu étais pressé de voir si c'était Emma qui t'avait envoyé un message ? demanda doucereusement son avocat.

-Non, sérieux !? s'exclama Henry. La petite prude te met vraiment dans tous tes états !

-Oh, ça va, la ferme ! En plus, apparemment c'était vraiment elle ! Je peux récupérer ces messages oui ou non ?

-Pourquoi, il s'est passé quelque chose ?

Louis songea à son réveil aux côtés d'Emma, tout habillés. Techniquement, non. Concrètement, oui. Il l'avait ramenée à la maison. En soi, c'était une énorme victoire ! Hors de question de se contenter de ça, par contre. Mais il devait lui montrer qui il était et...

-Patron !

Un des costumiers ouvrit la porte sans toquer, le souffle court. Le patron en question, peu habitué à de tes entrées de ce type dans son bureau, fronça les sourcils.

-Oui, Kévin ?

-On a une nana qui se balade dans l'immeuble et qui vous cherche. On pense que c'est une fan, je lui ai dit d'attendre dans une des réserves de costumes. J'appelle les flics.

Une fan. Qu'est-ce qu'une fan ficherait ici ? Personne ne savait que les bureaux de son entreprise se trouvaient là ! Et puis, comment aurait-elle fait pour entrer ? Il fallait un code pour ça, au bas de l'immeuble. À moins que quelqu'un l'ait fait entrer par erreur ? Un livreur ou un truc du genre ?

-Bon, je vais voir ça, mais n'appelez pas la police tout de suite. J'aimerais tirer tout ça au clair.

Évidemment la course effrénée du costumier jusqu'au dernier étage avait alerté tout le monde. N'importe quel milieu aimait les ragots, mais alors là, il y avait des personnes nues ou à moitié habillées dans tous les couloirs. Certains étaient totalement vêtus, quand même, comme les caméramans, acteurs, preneurs de son, les monteurs de vidéos... Même le comptable se trouvait là ! Les seuls absents devaient être les cuistots !

Qui que soit la personne dans la réserve de costumes, il sentait que la faire sortir sans provoquer d'esclandre allait être compliqué. Talonné par Henry et Charles, prêts à intervenir si l'intruse était armée -ce qui était déjà arrivé un paquet de fois dans des lieux différent.

En entrant dans la pièce du deuxième étage de l'immeuble, il s'attendait à beaucoup de choses, sauf à tomber nez à nez avec Emma. En train de jouer avec une cravache, une casquette de police en latex sur la tête et un bâillon autour du cou. Autour du cou ?

-Oh, Louis. Je te cherchais.

-Emma ? souffla-t-il en tombant des nues.

Estomaqué, il ne trouva pas tout de suite les mots. Avec un petit sourire, elle lui fit un signe de salutation de la main.

-Mais qu'est-ce que tu fais là !? Attends, lâche cette cravache, déjà, marmonna-t-il en la lui prenant des mains.

-Ça sert à quoi ?

-À claquer les fesses.

-Oh. Je pourrais le faire sur toi ?

Sa répartie le prit au dépourvu. Son sourire mutin aussi. Puis, soudain, il se rendit compte de la présence de Henry, Charles, et de la moitié de ses employés derrière lui. Bordel de merde ! Sans réfléchir, il souleva Emma du sol, ce qui la fit crier de surprise, avant de la jeter en travers de son épaule.

-Hé !

Tournant les talons, il traversa la foule de ses collaborateurs, marmonnant des « circulez, y a rien à voir ». Tout en sachant que ça allait faire les choux gras de tout le monde pendant des semaines !

Surtout quand elle lui claqua les fesses en exigeant d'être posée par terre ! Il lui claqua les siennes en représailles, tout en lui demandant d'être sage. Bon sang, lui qui avait une image irréprochable auprès de ses employés, il le sentait mal !

Quoi qu'il en soit, il parvint à atteindre son bureau au dernier étage, à s'enfermer dedans avant de poser une Emma essoufflée sur son siège en cuir.

-Mais qu'est-ce que tu fous là !?

-Bah, je suis venue te voir. C'est vraiment à côté du Starbique, en fait. Je comprends mieux comment tu as fait pour arriver si vite quand...

-Comment tu as fait pour entrer !?

-Il y a une semaine, Henry m'a donné sa carte avec l'adresse, et il a écrit le code d'entrée au dos, expliqua-t-elle, les yeux pétillants d'amusements.

Oh, bon sang. Les mains sur son bureau, Louis prit une profonde inspiration, les yeux fermés.

Emma se trouvait sur son lieu de travail. Alors qu'ils n'avaient pas encore discuté. Elle était là, à lui sourire, tout en sachant tout ce qui se passait ici, avec un bâillon autour du cou. Sa casquette en latex avait été perdue dans la bataille, mais ce n'était pas le plus important.

Le plus important, c'était que Louis remercia tous les dieux de n'importe quelle religion possible pour ne pas s'être retrouvé en plein tournage au moment précis où elle était arrivée. Une vision d'horreur s'imposa à lui. Lui, occupé avec deux femmes devant un caméraman, un preneur de son et la maquilleuse. Et Emma, qui ouvrait la porte juste à ce moment-là.

Quelle horreur. Il avait échappé au pire.

Par contre, Henry allait en prendre pour son grade.

-Tu es contrarié ? s'inquiéta-t-elle en lui prenant la main.

-N... Non. Juste *particulièrement* surpris. Je n'aurais jamais imaginé que tu viendrais ici de ton plein gré.

Elle lui sourit doucement.

-Tu sais, Louis, nous n'avons pas encore discuté. Tout ce que je sais, je l'ai appris par internet. J'aimerais bien connaitre ton histoire, la vraie.

Hors de question de perdre une telle opportunité. Attrapant le téléphone fixe sur son bureau, il appela le bureau de Henry. À n'en pas douter, lui, Charles, et un bon tiers de ses employés se trouvaient massés devant la porte, à épier la conversation. Quand son secrétaire lui dit que ce n'était pas son rôle d'aller acheter des sushis au resto du coin, il lui dit clairement qu'il avait intérêt à ramper après avoir donné l'adresse et le code de l'entreprise à Emma. Il rampa donc jusqu'aux sushis, conscient que son ami lui en voulait énormément.

-Tu es vraiment le patron, alors, fit Emma en regardant autour d'elle, curieuse.

La pièce était simple, avec un mur en briques claires, des rideaux épais pour le soulager de la lumière du soleil quand il travaillait trop, et des meubles noirs venus tout droit d'Ikeo. On pouvait être riche, mais économe.

Par contre, son matériel informatique valait une petite fortune. Opple était réputé pour être les plus performant, mais aussi les plus onéreux. Néanmoins, dans son cas, il ne pouvait pas lésiner sur ces postes de travail là. Tous ses employés ayant recours à l'informatique avaient le meilleur équipement possible. Tout comme les caméramans et les preneurs de son.

-Évidemment que je suis le patron, maugréa-t-il en ébouriffant ses cheveux déjà coiffés à la va-vite le matin même. Bon, dis-moi, Emma, qu'est-ce que tu veux savoir ?

-Comment et pourquoi as-tu commencé ?

Assise sur sa chaise en cuir à lui, derrière le bureau, jambes croisées, mains ses les accoudoirs, elle ressemblait soudain à une femme d'affaires rusée. Même en débardeur-licorne et bermuda.

S'installant en face d'elle, il réfléchit à sa réponse. De toute façon, il devait dire la vérité et rien que la vérité. Sinon, il se ferait griller plus tard.

-J'ai commencé dix-huit ans.

-La vache ! C'est jeune !

-J'avais l'air plus vieux que mon âge, se justifia-t-il. Et puis, j'avais besoin d'argent.

-Ah bon ?

Il regarda Emma. Sans le moindre jugement, elle l'écoutait, attentive. Quelle était sa question, déjà ? Comment et pourquoi ? Il se passa une main dans les cheveux, avant de retirer sa veste. Il avait très chaud, soudain.

-Je ne viens pas d'une famille particulièrement pauvre, mais je suis parti au remariage de mon père. Je ne supportais pas sa nouvelle femme, dix ans plus jeune que lui, qui me faisait régulièrement des avances.

-Oula...

-Je devais donc payer mon loyer, les factures, les repas... Enfin, tu sais ce que c'est. De plus, je ne voulais pas arrêter mes études. J'ai toujours eu des facilités, alors je suis rentré dès mes dix-huit ans dans une grande école de commerce à Paris. La vie est très chère là-bas. Alors... Ben... À cet âge-là, on ne pense pas à grande chose : l'amusement, et le sexe. Je me suis dit que je pouvais en profiter pour me faire de l'argent au passage.

Il songea à ces mois de doutes, à enchainer les petits boulots qui suffisaient à peine à payer toutes ses factures, aux cafards qui envahissaient son appartement de neuf mètres carrés, aux toilettes sur le palier. Il y avait dix ans de cela, il n'aurait jamais imaginé se trouver là où il était aujourd'hui.

-Tu n'as pas envisagé de demander de l'aide à ton père ?

-Non. Il venait de se marier, et cette salope est une vraie sangsue. Tu sais, je n'ai que très peu de contacts avec mon père. Surtout quand il est tombé sur moi sur un site porno.

-Oh mon dieu… J'imagine sa tête.

Louis éclata de rire. Lui aussi y avait pensé ! La surprise qu'il avait dû avoir en découvrant qu'au bout de l'actrice, c'était lui !

-Bref, j'avais une copine de l'école qui faisait ça, donc elle m'a permis de faire mes débuts.

-Avec elle.

-Oui, fit-il prudemment en la voyant soudain un

peu plus tendue. Elle s'appelait Lynne. Bref, ça n'a aucune importance. Voilà comment et pourquoi j'ai commencé.

Heureusement, Henry arriva avec leur repas. Il chercha à s'incruster, mais le regard incendiaire de Louis le convainquit de fuir. Emma, elle, n'avait d'yeux que pour les sushis. C'était un peu cher, aussi n'en mangeait-elle que très rarement. En fait, à son anniversaire, quand Clarisse et Virginie l'invitaient.

-Mais, comment as-tu fait pour devenir célèbre comme ça ? Pour avoir tous ces prix ?

Ah, elle était bien renseignée, la coquine !

-Pour quatre raisons.

-Tant que ça ?

-Oui. La première, c'est que je respecte mes partenaires. La seconde, elles jouissent à chaque fois ce qui donne de bonnes scènes. La troisième, je suis bien monté. La quatrième, je sais vendre mon image.

L'incrédulité d'Emma lui faisait écarquiller les yeux. Il savait très bien ce qu'il disait, même si cela donnait l'impression qu'il était un connard à la grosse tête. Lorsqu'elle éclata de rire, Louis ne put s'empêcher de sourire, dans l'attente de la suite.

-Tu n'as pas l'impression d'en faire un peu trop !? Mon Dieu, le second et le troisième point on faillit me tuer !

Son fou rire s'arrêta net quand il lui lança :

-Allons bon... Toi qui as fait des recherches sur internet, tu es tombée sur des interviews, je présume ? Tu peux me rappeler ce qu'ils disaient ?

Soufflée, elle le considéra.

-Comment peux-tu être certain qu'elles ne simulaient pas ?

Son sourire plein d'assurance la fit frémir.

-Ma douce Emma... Je n'ai pas de raisons de te mentir. Je t'ai simplement dit *pourquoi* je suis si célèbre.

Ils se considérèrent un instant. La voir rougir de façon progressive, jusqu'à atteindre un rouge vif tout à fait charmant, ravi Louis au plus haut point.

-Je...

-Tu sais, si tu as un doute, il y a quelques points que l'on peut éclaircir très vite, Emma.

S'ils s'étaient trouvés dans un manga japonais, elle

se serait probablement mise à saigner du nez à ce moment-là. À la place, elle se figea sur sa chaise, totalement rouge. Ah, plus de réception. Il avait déjà vu ça.

-Emma, tu as le choix si tu ne bouges plus : soit je mange ta part de sushis, soit je commence à te déshabiller.

-Je mange, je mange !

La voir aussi désarçonnée l'amusait énormément. Mais il eut tout de même une petite inquiétude.

-Dis-moi... Tu n'as pas regardé de vidéo, quand même ?

-Non ! Ça va pas la tête !? Je... Je suis juste tombée sur une photo de toi, mais elle était très floutée.

Il haussa un sourcil au « très flouté ».

*

« *-Je suis bien monté* ».

Emma rougit toute seule en fermant la porte sa voiture. Sa conversation avec Louis tournait dans son esprit depuis le midi, parasitant son travail. Mais elle était parvenue à tout finir, pour enfin rentrer à la maison.

« *-Elles jouissent à chaque fois* ».

Elle bloquait sur ces deux phrases, à chaque fois avec Louis ce fameux dimanche matin, en costume, sa chemise ouverte, son pantalon ouvert sur son boxer tendu. Ou alors Louis qui l'embrassait, le soir où il était venu la sauver de son ex. Elle ne bavait pas, mais ce n'était pas loin.

Bon sang, elle avait l'impression de se trouver à la place de Virginie et Clarisse quand elles repéraient un homme sur lequel elles fantasmaient. Elle qui n'avait jamais eu de pulsions, qui s'était même pensée asexuelle, elle brulait d'envie de le retrouver et de lui arracher ses fringues. Mine de rien, elle ne l'avait encore jamais vu nu.

« -Je suis bien monté ».

Elle était déjà rouge quand elle entra dans la salle de bain, ce qui semblait être son état normal depuis plusieurs semaines. Toutefois, en tombant sur Louis de dos, entièrement nu et trempé de sa douche, elle atteignit le point de rupture.

C'était bien la première fois qu'une femme tombait dans les pommes en le voyant à poil.

Mais si cela venait d'Emma, il devait se sentir

flatter, non ?

Bon, comme il était trop loin, il n'avait pas pu la rattraper. La bonne nouvelle, c'était qu'elle ne s'était pas fait mal. La prenant en poids, il alla la déposer dans son lit à lui. Elle dut revenir à elle à un moment donné, car dès qu'il eut le dos tourné elle émit un couinement avant de rouler de nouveau de l'œil.

Il aurait peut-être dû mettre une serviette.

Le temps d'enfiler un boxer, elle fixait le plafond avec un teint rouge cerise des plus seyant.

-Tu t'es fait mal ?

-N... Non.

Il apparut dans son champ de vision, un sourire mutin aux lèvres.

-Tu veux manger quelque chose ?

-Je...

-Ou... Tu veux que je te mange ?

Oh purée, elle allait rendre l'âme s'il continuait ! Éclatant de rire, il tira la couette sur elle, avant de lui annoncer qu'il allait préparer le repas. Décidément, elle devenait de plus en plus excitante !

Il se souvint soudain d'une chose. Revenant en arrière, il la découvrit déjà enroulée dans la couette à la façon d’un des sushis qu’elle avait mangé le midi même.

-Emma ?

-Oui ? couina-t-elle sans oser lever la tête.

-Tu… ça te tenterait, un rendez-vous avec moi ?

Chapitre 14
Rapprochement Cinématographique

Normalement, on proposait un rencard *avant* de se retrouver en caleçon devant la fille. Tout du moins, selon le mode de pensée d'Emma. Mais il n'en resta pas moins qu'ils décidèrent de se retrouver au cinéma le lendemain après le travail. En se changeant dans le Starbique, Emma se demanda si elle n'en faisait pas un peu trop.

Après tout, Louis et elle avaient un peu sauté les étapes. Il l'avait vu avec des vêtements horriblement moches, lui avait prêté ses affaires et avait râlé parce qu'elle se baladait sans soutien-gorge. Ils habitaient ensemble, bien que ce soit temporaire.

Elle se regarda dans le miroir, soudain pleine de doutes. C'était temporaire, non ? Pour l'été ? Pourquoi avait-elle accepté d'y retourner ? Pourquoi le lui avait-il proposé ? Pour se faire pardonner ?

Se recoiffant comme le pouvait, elle se dit que finalement, Virginie et Clarisse avaient bien fait de lui prendre cette tenue. Bon, il ne fallait pas faire attendre Louis pour rien, non plus. Lui aussi travaillait.

L'Allée 83 était une zone commerciale non loin de Toulon, comportant une quantité impressionnante de magasins sans une seule librairie, des restaurants et un immense cinéma. Louis se trouvait à l'entrée de ce dernier. Il n'avait pas pris la peine de se changer, mais à quoi bon ? Il était beau ainsi.

En costume noir, avec une chemise bleue claire, il avait laissé sa veste dans la voiture. Il faisait beaucoup trop chaud pour la garder. Les mains dans les poches, il haussa un sourcil en la voyant arriver, avant de sourire d'un air appréciateur. En cet instant, même si l'Allée 83 était bondée, c'était comme s'il n'y avait qu'eux deux.

-Cette petite robe noire vous va très bien, mademoiselle, fit-il en passant un bras autour de sa taille. Le rouge aux joues aussi.

-Louis !

-Je ne plaisante pas. Allons-y, la séance va commencer.

En semaine, prendre les sièges au fond de la salle était souvent synonyme de visionnage de couple. Ce qu'Emma ne savait pas, c'était que Louis avait eu le culot de prendre tous les sièges de la rangée histoire d'assurer leur tranquillité. Être milliardaire pouvait améliorer le flirt, vu sous cet angle.

-Dis-moi, tu t'es déjà disputé avec quelqu'un au travail ?

-Pourquoi cette question ? s'étonna-t-il en s'installant sur son siège.

Les accoudoirs des sièges de couples étant amovibles, il remonta le leur. Elle haussa un sourcil, mais ne s'y opposa pas.

-Tu es quelqu'un de très gentil et calme. Je te vois mal t'énerver pour quoi que ce soit.

Sauf avec Paul. Il lui tapait sur le système, si elle avait bien compris. S'installant à ses côtés, elle fit en sorte de garder quelques centimètres de sécurité entre lui et elle. Elle avait besoin de son cerveau de midinette.

-Oh, détrompe-toi. Je me suis engueulé avec des gens très souvent dans le milieu. Mais… Je dirais que la plus décisive de ces disputes fut celle avec un réalisateur.

Face à son soudain silence, elle lui donna un petit coup dans l'épaule. La salle était en train de se remplir, il y avait encore toutes les bandes d'annonces à passer. Il pouvait bien lui dire la suite !

-Ça va, ça va, marmonna-t-il en se passant une main dans ses cheveux. Nous n'avions pas encore commencé le tournage. La fille avec laquelle je devais tourner refusait la scène de sodomie, et le réal voulait impérativement qu'elle le fasse.

Elle avait planté au mot « sodomie », mais elle se secoua les puces. Elle risquait d'entendre bien pire à l'avenir.

-Tout le monde n'aime pas ça, je le comprends tout à fait. C'est son corps, c'est à elle de décider. Mais cette espèce de gros lard n'était pas de cet avis, et je me suis disputé avec lui. En fait, nous avons même failli en venir aux mains.

Ah oui !

-Ça faisait déjà deux ans que j'étais dans le milieu, remarqua-t-il. Le temps passe vite. Enfin, la fille a changé de boite de production, et quelques mois plus tard, elle m'a contactée pour tourner dans un porno féministe. Elle était devenue réalisatrice. Elle l'est toujours, d'ailleurs.

-Un porno féministe ? Ce n'est pas féminin de base ?

-Ah non, pas du tout. Tu en as déjà regardé ?

-Une fois ? Virginie et Clarisse voulaient me montrer ce que ça pouvait être, mais ça ne m'a pas beaucoup intéressée.

Il rit sous cape, afin de ne pas attirer les oreilles indiscrètes des autres clients du cinéma. La salle se remplissait doucement. Elle devient cramoisie dès le début de sa phrase.

-Les pornos sont très phallos centrés. Comment t'expliquer ? Le modèle de base est tourné vers ce qui peut donner du plaisir à l'homme qui regarde, car le premier public de ce genre de contenu était masculin. On voit la femme sous tous les angles, on l'entend, mais l'homme responsable de tout cela est souvent en retrait sur les images, afin de permettre l'identification du visionneur à la scène.

Elle hocha la tête. Pour le coup, elle comprenait.

-Les pornos féminins sont plus tournés vers le respect de la femme et ce qui peut plaire au public féminin, bien que le contenu puisse être consommé par d'autres. Il y a quatre ou cinq ans, j'ai demandé une étude de marché sur le sujet.

Là, ses études commerciales reprenaient le dessus. Elle sourit pour elle-même. Il était très professionnel dans ses propos.

-Heureusement, il y en a pour tous les gouts à présent, mais les femmes sont bien les oubliées du lot. Il y en a qui aiment voir la scène dans son ensemble et pas les gros plans, celles qui préfèrent voir le plaisir de l'homme en lui-même, et je ne parle pas d'une vision phallique de la chose. Le plaisir n'est pas uniquement lié aux parties intimes. Il y a tout le reste, et c'est l'exploitation de ce reste qui fait un bon porno féminin. Le désir de la femme est au centre des situations sexuelles. Et la femme est mise en valeur dans ce type de contenu.

-Je n'y aurais jamais pensé, murmura-t-elle. C'est beaucoup plus varié que ce que je pensais.

-Et encore, je ne t'ai pas parlé de *toutes* les catégories référencées.

-Hein ?

-Non, rien. Le film commence.

Les romances pur jus étant le point fort ni d'Emma ni de Louis, ils avaient opté pour un film d'action. Toutefois, au fil du visionnage, ils se retrouvèrent rapidement épaule contre épaule, cuisse contre cuisse. D'ailleurs, elle sursauta si fort à un moment donné qu'elle s'agrippa à sa jambe, plantant ses ongles dans son muscle. Ça faisait un peu mal étant donné la finesse de son pantalon de costume, mais ce n'était pas désagréable. Loin de là.

Bien décidé à se venger, il posa sa main sur sa cuisse à elle. Son cœur manqua un battement lorsqu'il sentit sa peau nue, mais aussi une légère dentelle sous sa main. Il avait oublié qu'elle était en robe ! Mais...

-Louis ! chuchota-t-elle d'un air de réprimande.

Elle ne s'en aperçut probablement pas, mais ses

jambes croisées se desserrèrent à son contact. Hum. Ayant totalement perdu le fil des explosions et des scènes d'actions qui se succédaient sur l'écran géant, il entreprit d'explorer cette dentelle suspecte. Il se trouvait bel et bien sur sa cuisse. Or, ils étaient en plein été, impossible qu'elle ai mis des bas.

Son doigt suivit le contour délicat, frôlant la peau d'Emma au passage. Le souffle coupé, elle s'appuyait un peu plus contre lui, sa main crispée sur son pantalon de costume. Il sourit, tout en caressant le côté extérieur de cette petite chose douce et… Il comprit soudain.

C'était une jarretière.

-Louis ? s'inquiéta-t-elle à son gémissement désespéré.

Si elle avait voulu mettre le feu aux poudres, elle n'aurait pas pu faire mieux ! Des images toutes plus coquines les unes que les autres s'enchainèrent dans son esprit, aussitôt freinées par leur présence dans un cinéma. Bordel ! Il ne pouvait même pas lui proposer de rentrer en pleine séance, surtout qu'il avait prévu de l'emmener au restaurant après.

Pour toute réponse, il attrapa le bord de sa jarretière, tira légèrement, et lâcha. Elle claqua sur la peau d'Emma, qui parut devenir brulante contre lui. Mmmh... Il y avait une ou deux choses à faire, tout de même. Le regard rivé à l'écran, toute son attention tournée vers la femme qui se pressait contre lui, il remonta légèrement sa robe, dévoilant totalement ce bout de lingerie si excitant. Le souffle accéléré d'Emma lui tournant un peu la tête, il glissa lentement sa main sous la jarretière, de façon à ce que sa paume brulante se retrouva en partie sur l'intérieure de sa cuisse. Elle s'agrippa à son poignet, en retenant son souffle.

-Louis, je... Je ne pense pas que ça soit une bonne idée... Pas... Pas ici...

-Ah, désolé.

Retirant aussitôt sa main, il sentit un grand froid l'envahir.

-Par contre, chuchota-t-elle à son oreille, on peut rentrer, si tu veux.

Il avait rarement conduit aussi vite pour rentrer à la maison. La porte était à peine close qu'il prit Emma dans ses bras, pour un baiser aussi sauvage que passionné. Saisissant la jeune femme par les fesses, il crut devenir fou lorsqu'elle sauta en prenant appui sur ses épaules, pour enrouler ses jambes autour de sa taille.

La chambre semblant être beaucoup trop loin, ils tombèrent sur le canapé panoramique. Il ne faisait pas encore nuit, mais l'absence de voisinage leur permettait de penser à autre chose qu'aux grandes fenêtres éclairées par le couchant.

Glissant les mains sous sa robe, Louis se mit à genoux entre les jambes d'une Emma plus rouge que jamais. Il saisit sa jarretière du bout des dents, tout en la regardant droit dans les yeux. Les yeux mi-clos, elle ne détourna pas le regard. Faisant glisser lentement la dentelle le long de sa cuisse, il chercha à se calmer. Mais, lui qui n'avait pas eu de partenaire dans sa vie privée depuis longtemps, il était dans un état jamais égalé. Il bandait à en avoir mal.

Une fois débarrassé de la jarretière, il sentit Emma s'asseoir sur le canapé, juste assez pour commencer à déboutonner sa chemise. La voir entreprenante l'excita plus encore. Son pantalon trop étroit commençait à vraiment le gêner, par contre. Mais il ne pouvait pas penser à lui.

S'il y avait bien une règle à respecter ici, c'était celle de mettre le plaisir d'Emma avant tout. Car aux dernières nouvelles, elle n'avait encore jamais joui de sa vie.

Saisissant ses fesses ornées d'une banale culotte rose à pois, il l'attira contre lui, afin de posséder à nouveau sa bouche. Sans perdre un de ses objectifs de vue, Emma lui arracha presque sa chemise, tout en se pressant contre son torse à présent nu. Sa robe le gênant au plus haut point, il fit glisser les bretelles le long de ses épaules, tout en mordillant sa nuque. Ses gémissements, ses halètements étaient la plus belle chose à entendre.

Le soutien-gorge finissant quelque part dans le salon, il prit un instant pour contempler sa poitrine. Juste parfaite. N'y résistant pas, il enfouit son visage entre les deux globes, avant d'en taquiner les pointes entre le pouce et l'index. Emma se cambra aussitôt contre lui. Non de dieu !

Gardant une main en action sur sa poitrine en plus de sa bouche, il entreprit de partir à l'aventure sous sa petite culotte. Il l'eut à peine effleurée qu'elle poussa un petit cri contre son oreille, ses ongles se plantant dans ses épaules. Hum hum... Joueur, il abandonna sa poitrine, afin de la renverser sur le dos. L'embrassant à en perdre haleine, il s'allongea à moitié à côté d'elle, sa main aventureuse se glissant lentement entre les lèvres humides de son intimité.

Il était ébloui qu'elle le laisse faire. Mais plus encore par son air confus. Elle qui n'avait encore jamais pris de plaisir, elle semblait d'ores et déjà sur le point de sombrer en ces eaux inconnues. La cajolant en la couvrant de mots doux, il lui mordilla la nuque tout en trouvant son clitoris. À vrai dire, il eut à peine le temps d'en faire le tour qu'elle jouit sous sa main, de la façon la plus belle qu'il soit.

Chapitre 15
Galipettes Nocturnes

Emma se réveilla dans la nuit, complètement déboussolée. Elle se trouvait dans un lit. Lovée contre Louis, elle se sentait épuisée, soulagée, et… bien… Tellement bien… C'était donc ça de jouir ? Oh la vache… ça n'avait rien à voir avec ce qu'elle avait pu expérimenter avec ses exs. En fait, ils n'avaient jamais fait ça.

-Ça va ? murmura Louis en lui embrassant le front.

Oh, il était réveillé.

Levant la tête vers lui, elle lui fit un sourire terriblement sincère. Il ne put s'empêcher de le lui rendre, non sans une fierté bien méritée, elle devait l'avouer. Fascinée, elle prit son visage entre ses mains, afin de caresser ses joues ombragées d'un début de barbe.

-Oui, ça va. Oh, Louis… Je… Heu… Je me suis endormie juste après, non ?

Sa grimace était explicite. Mince !

-Mais… Et toi ?

-Ce n'est pas grave, marmonna-t-il en la serrant contre lui. Le plus important, c'est toi. Tu as joui, ma douce Emma.

Toute rouge, elle se souvint de la sensation de ses mains sur son corps. De la jouissance qui était arrivée aussi brutalement que ce qu'elle avait été salvatrice. Il avait été si attentionné, si entreprenant et si… altruiste ? Il aurait très bien pu en demander beaucoup plus de sa part. Mais elle avait une idée pour se racheter.

-Louis… Tu me laisserais faire quelque chose ?

-Mmh ? Tu ne veux pas dormir ? murmura -t-il dans la pénombre de la chambre.

Le clair de lune baignait le lit d'une douce lumière, soulignant d'ombres sexy le corps de son récent amant. De fait, même si elle avait toujours ses lunettes sur le nez, elle n'en aurait pas eu besoin pour voir la protubérance qui tendait les draps. Et il osait lui proposer de dormir ? Lui ne le pourrait jamais dans cet état !

Prenant son courage à deux mains, elle disparut sous la couette. Il ne fallut pas deux secondes pour que

Louis pousse un cri avant de relever la couverture, pour la fixer avec des yeux brillants.

-Emma, ce n'est pas la peine…

Mais elle ne l'écoutait plus. Il y avait une chose qui disait le contraire, et elle l'empoigna, dévorée par la curiosité. À son touché, Louis poussa un gémissement en se laissant tomber en arrière dans le coussin. Il ne savait pas si elle avait de l'expérience dans l'art de la fellation ou de la masturbation, mais là, elle pouvait lui faire tout ce qu'elle voulait.

Ses mains partirent à l'exploration de sa verge déjà tendue au maximum. Elle ne voyait pas tout sous la couette, pourtant elle apprécia le moment. Parcourant sa longueur et sa largeur du bout des doigts, elle se dit qu'effectivement, il partait avec un sacré atout dans les rapports sexuels.

Elle se sentait honteuse, mais elle était excitée à la simple idée d'une fellation. Pourtant, elle apprendrait plus tard qu'il n'y avait aucune honte à cela. Que le fait de donner du plaisir à son partenaire pouvait être particulièrement jouissif.

Le gémissement qu'il émit lorsqu'elle prit son gland dans sa bouche la mit dans tous ses états. Se dressant sur les coudes, elle chercha la meilleure position pour approfondir son geste, lorsque le drap disparut de dessus sa tête. Haletant, Louis la regarda avec des yeux voilés de plaisirs, son ventre ciselé contracté au maximum.

Rougissante et légèrement gênée par son attention, elle décida de fermer les yeux, et de se laisser porter par son instinct. Une main sur la hampe dure de son sexe, elle se mit à lécher son gland, avant de le prendre en partie dans sa bouche. Elle ne pouvait pas faire mieux que ça, mais les bruits qu'il émettait lui faisaient dire qu'elle se débrouillait assez bien pour lui. Imprimant en plus un mouvement de va et viens avec sa main, elle sentit ses doigts à lui s'enrouler dans ses cheveux, sans forcer, sans la gêner. Il murmurait son nom entre deux halètements, s'en remettant entièrement à elle pour son propre plaisir, lui conférant une force qui la fit accélérer le rythme.

Se retrouvant soudain plaquée contre son torse, elle sentit les dents de Louis lui mordre la nuque tandis qu'elle continuait ses mouvements sur sa verge dure. Les bras serrés autour d'elle, il jouit sans honte aucune, savourant cette délivrance prodiguée par les doigts de fée d'Emma.

La joue contre son torse, cette dernière sourit en le sentant se relâcher contre elle, haletant d'une voix délicieusement rauque. Là, tout de suite, elle se sentait étrangement heureusement.

*

-Toi, tu t'es envoyé en l'air.

Louis ne quitta pas son ordinateur des yeux pour fusiller Henry du regard. En ce moment, son ami et secrétaire semblait passer plus de temps à l'asticoter qu'à bosser. Néanmoins, il était bien décidé à ne pas lui donner satisfaction, là tout de suite.

Les images précieuses qui tournoyaient dans son esprit depuis son réveil, elles étaient pour lui-même.

-En quoi ça te regarde ?

-Ah ! Tu as réussi à coucher avec ta petite prude !?

Prude. Malgré lui, il sourit. On ne pouvait pas dire qu'Emma soit si prude que cela, en vérité. Quand on lui donnait l'envie et la latitude pour s'exprimer sexuellement, elle perdait sa façade de calme. De toutes les choses qu'il avait envisagées pour la nuit dernière, jamais il n'aurait pensé à une fellation. Il n'avait même pas osé en rêver. De fait, il n'avait pas honte d'avoir joui si vite. Après tout, la vraie vie était très différente de son métier. Et surtout... Comment aurait-il pu en être autrement, avec la vision de la bouche d'Emma sur son sexe ? De la sensation de sa langue sur son gland ? De ses mains sur sa...

Merde, il ne devait pas y penser, sinon il allait se mettre à bander. Et pour le coup, sa journée de travail ne le demandait pas.

-À ta tête, oui, enchaina Henry en le fixant attentivement. Alors, ça fait quoi d'avoir de vrais rapports sexuels depuis tout ce temps ?

Arraché à ses rêveries sensuelles, Louis fusilla son ami du regard.

-Ça ne te concerne pas.

-Je m'intéresse en tant que pote, Louis. Le fait que tu n'ais plus eu la moindre relation amoureuse nous inquiétait avec Charles, tu sais ? On s'est même demandé si tu n'étais pas devenu accro à ton propre métier.

Le chef d'entreprise roula des yeux en se laissant aller contre le dossier de sa chaise.

-Ça ne marche pas comme ça, Henry. Je ne suis pas un dépendant sexuel, et je ne suis pas dépendant des pornos. Tu sais ce que je dis toujours ?

-Que la chose en soi n'est pas un problème, mais que l'usage que l'on en fait et la fréquence peuvent l'être. Oui, je sais, Louis. C'est ce que tu dis toujours aux détracteurs des pornos ou des jeux vidéos.

-Parce que c'est vrai. C'est valable pour tout, de l'alcool au sexe, en passant par le travail. Et crois-moi, je ne suis pas dépendant. D'accord ?

Par contre, il y avait de fortes chances pour qu'il le devienne à Emma. Il avait déjà envie de la revoir. Il sourit pour lui-même. Elle était en vacances la semaine prochaine, non ? Est-ce qu'il ne devrait pas envisager de l'emmener quelque part ? La soirée et la nuit avaient été superbes, mais il avait très envie de voir à quelle vitesse elle pouvait jouir s'il la prenait totalement. Parce que contre toute attente, elle avait pris du plaisir, et pas qu'un peu ! Même lui avait eu un doute, au tout de début. Il n'avait pas été certain de parvenir à lui ôter ce blocage provoqué par une vie sexuelle désastreusement insipide.

-Louis ?

-Oui ?

-Je suis content que tu aies trouvé quelqu'un qui te fasse sourire comme ça.

La sincérité de son ami le fit légèrement rougir. Il ressemblait à quoi là, en fait ? Henry ne le lui dirait jamais, mais il trouvait qu'il avait une sacrée tête de con, à sourire de façon aussi niaise.

*

-Tu es en retard ! cria le collègue d'Emma le lendemain matin.

-Désolée, désolée ! bafouilla-t-elle en entrant en courant dans le Starbique, pour se jeter sur ses affaires de travail. J'arrive, j'arrive !

La tête à l'envers, l'esprit ailleurs, elle était arrivée avec plus d'une heure de retard. Ça lui apprendrait à faire des galipettes avec Louis ! La matinée passa dans une ambiance de travail acharné. Sa concentration l'empêcha de penser à quoi que ce soit. Tout du moins, jusqu'à ce que son client ne soit personne d'autre que Louis.

-Rebonjour, fit-il avec un sourire étincelant.

-B... B...

Ce qu'elle avait fait cette nuit lui revint brusquement en mémoire, en même temps que le gémissement de Louis en plein orgasme. Elle perdit instantanément tous ses moyens, se figeant sur place.

-Je prendrais un café.

-Hum... Oui.

Le travail. Le travail le travail le travail ! Elle n'avait pas vu Henry et Charles derrière leur patron, qui ricanaient comme des andouilles. D'ailleurs, un regard furieux de Louis les fit regarder ailleurs, comme si de rien n'était.

Dans l'attente de leur commande, ils allèrent à une petite table, tout en discutant de façon professionnelle. Emma se concentra sur les autres clients avec son collègue agacé de son comportement, jusqu'à ce qu'une cliente, une jeune femme blonde magnifique, pousse un cri.

-Oh my god ! Vous êtes LE Louis ! s'exclama-t-elle avec un fort accent anglais.

Toutes les conversations s'arrêtèrent dans le Starbique, tous se tournèrent vers la source du cri. Accoudé à la table haute, une main dans une poche, Louis haussa un sourcil face à cette admiratrice inattendue. Aussitôt, des murmures se propagèrent dans le petit magasin. Même son collègue s'y mit ! Apparemment, tout le monde consommait du porno, ici !

-Bonjour, fit Louis d'un ton aimable.

Emma vit avec surprise Charles et Henry se mettre en position défensive, prêts à intervenir si la demoiselle se montrait trop tactile. Dans les minutes qui suivirent, tous voulurent un autographe et une photo avec lui. Une femme fit même signer son sex-toy en forme de rouge à lèvres dissimulé dans son sac. La vache !

-Tu ne veux pas prendre de photo avec lui !? s'exclama le collègue d'Emma en revenant avec la sienne. Tu sais qui c'est !?

Sans lui répondre, elle avisa Louis. Très calme et composé, il lui envoya à un moment donné un clin d'œil, avant d'être contraint de fuir le Starbique. Des gens affluaient de dehors, alertés par ceux qui répandaient la nouvelle de sa présence ici.

Pendant une heure, ils furent pris d'assaut par les nouveaux venus, qui en profitèrent pour passer commande. Le patron du magasin décida de l'afficher sur le mur des célébrités venues prendre quelque chose au Starbique. Emma les vit décider de tout cela, tout en se disant qu'ici, tout le monde avait vu Louis nu.

C'était… étrange.

Chapitre 16
Célébrité Malvenue

Bordel, d'habitude quand il était habillé, personne ne le reconnaissait ! Même Virginie, la copine d'Emma, avait eu besoin de voir son tatouage sur l'aine pour le reconnaitre ! Il avait eu envie d'étrangler celle qui l'avait reconnue, bon sang !

La joue sur son bureau, Louis se demandait comment allait l'accueillir Emma ce soir. Quand il était parti précipitamment du Starbique, elle était toujours figée derrière son comptoir. Certes, un jour ou l'autre, elle aurait été confrontée à cette terrible réalité qu'impliquait son métier. Mais pourquoi aussi tôt, hein !? On ne pouvait pas lui laisser l'occasion de savourer des moments doux avec elle, sans se poser de questions !?

-Louis, tu vas arrêter de déprimer sur ton bureau, oui !? rugit Charles en lâchant une pile de dossiers à côté de lui.

Levant la tête vers lui, il le fusilla du regard.

-J'ai le droit.

-Ça ne va pas régler ton problème ! Prends le taureau par les cornes !

-Comment ça ?

-Tu veux savoir si elle est prête à affronter ta vie, non ? Alors, invite-la sur ton prochain tournage !

-Ça va pas la tête !? Jamais je ne ferais un truc pareil !

Charles lui fit un sourire fourbe. Houla...

-Alors, j'ai un meilleur plan.

*

Bon.

Il était acteur porno, ça, elle le savait déjà. Est-ce qu'elle avait réfléchi à toutes les implications de la chose ? Non !

C'était pour cela qu'elle se trouvait dans l'appartement de Virginie, avec Clarisse. Là tout de suite, elle avait besoin de voir ses amies. Quand elle leur relata les derniers évènements, elles crièrent comme des groupies, surtout au moment où elle leur expliqua que

Louis était venu la chercher chez elle dès son retour de voyage. Quant à la nuit dernière… Elles hurlèrent de joie en apprenant qu'elle avait joui pour la première fois de sa vie. Tout le quartier avait dû les entendre !

-Je vois le problème, fit Clarisse en avalant sa bouchée de brownie. Le sentiment de possession fait que tu as du mal à accepter sa popularité. Savoir que le pénis de son petit ami est connu dans le monde entier et par tous ses voisins, ça n'aide pas.

Oui. C'était ça.

-Toi, tu sais régler les problèmes, grimaça Virginie. Il y a toujours une différence entre la vie professionnelle et la vie intime. Ce que les gens voient… Ce n'est pas le vrai Louis.

-Comment ça ? s'étonna Emma en levant le nez.

Lovée contre l'accoudoir du canapé, elle hésitait entre se sentir misérable et pleurer. C'était fou comme une journée pouvait changer l'humeur.

-Je veux dire que la seule à connaitre le véritable Louis, c'est toi, Emma.

Ce constat la fit grandement réfléchir. Le soir,

assise en face de lui pour le diner, elle le fixait tout en réfléchissant, inconsciente de le mettre particulièrement mal à l'aise. Elle était la seule à avoir vu le vrai lui ?

-Heu… Tu veux me dire quelque chose ? finit-il par dire au bout de vingt minutes de réflexions silencieuses.

-Non.

Elle avait juste besoin de temps. Louis, lui, était pour ainsi dire au bout de sa vie. D'ailleurs, il finit par craquer.

-Bon, écoute, je pense que l'on doit crever l'abcès.

-Louis, je…

-Non, c'est normal, Emma. Mais je pense que le plus simple, ce serait que tu viennes avec moi à la convention internationale du X.

-Hein ?

C'est ainsi que le samedi matin, premier jour de vacances, elle se retrouva au milieu de pancartes géantes d'hommes et de femmes nus, avec des nanas canons qui se baladaient en bikini de partout, et cernée par des jouets sexuels tous plus fantaisistes les uns que les autres.

Vêtue d'un jean et d'un t-shirt, avec un sac à dos,

les cheveux attachés en une queue de cheval, Emma hésitait à enlever ses lunettes pour éviter de se bruler la rétine. Toutefois, elle risquait de perdre Louis de vue, et ça, c'était hors de question.

En costume cravate comme à son habitude quand il travaillait, il restait à ses côtés tout en saluant ses collègues, concurrents et collaboratrices.

-Ah, Louis ! s'exclama une femme en robe blanche moulante. Comment ça va, depuis le temps !?

-Bien, Vanessa. Tes genoux vont mieux ?

-Oui, ne t'en fais pas. Ça valait le coup de les bruler sur le tapis du tournage ! On a eu le prix de la meilleure levrette quand même ! Tu me diras quand tu es disponible pour une suite ?

-Je te tiendrais au courant.

Emma crut mourir. Le pire, c'était que la scène se reproduisit un nombre incalculable de fois, avec des femmes de toutes tailles, formes et bonnet de poitrine. Anonyme à ses côtés, pas franchement sexy dans ses affaires, elle vit toute une ribambelle de bombes sexuelles déclarer qu'elles avaient hâte de tourner à nouveau avec lui. Certains hommes vinrent même lui demander s'il ne voulait toujours pas essayer les tournages homosexuels ou bisexuels, mais il déclina poliment l'offre à chaque fois. La déception des postulants était si évidente qu'Emma en resta bouche bée.

-C'est qui, la fille qui t'accompagne ? s'enquit une réalisatrice en la regardant avec curiosité.

Louis la regarda par-dessus son épaule. Ce qu'elle ne savait pas, c'était qu'il venait toujours seul à cette convention. Et ce qu'elle ignorait, c'était qu'il était très protecteur avec elle. Trop perturbée par son environnement sexualisé au possible, elle s'était à peine rendu compte qu'il l'attrapait régulièrement par la taille pour l'enlever de la trajectoire d'une paire de seins proéminents, ou qu'il faisait en sorte que personne ne la touche. Ça, tous ceux qui le connaissaient, c'est-à-dire les trois quarts de la convention, s'en étaient aperçus.

-Je te présente Emma. Je lui montre en quoi consiste le monde dans lequel j'évolue.

-Ah, je comprends. Bonjour, Emma. Je m'appelle Charlotte, je suis réalisatrice de vidéos pornographiques féministes.

-Oh ! Vous êtes la femme qui a refusé la sodomie ?

Charlotte haussa un sourcil, avant d'adresser un regard surpris à Louis.

-Tu lui as parlé de ça ?

-Elle m'a demandé si je m'étais déjà disputé avec quelqu'un au travail, se justifia-t-il.

-Ah, je vois. Vous n'êtes pas une actrice, n'est-ce pas ?

-Non... Je suis étudiante en droit.

-L'un n'empêche pas l'autre, rit Charlotte. Je passerai vous voir tout à l'heure, j'ai quelques personnes à rencontrer. Ton stand est très beau, Louis.

-Merci. Allez viens, Emma. Tu as besoin de boire quelque chose, je pense.

Effectivement, elle vida d'une traite la bouteille d'eau qu'il lui offrit. Ils se trouvaient à l'arrière du stand de l'entreprise de Louis. Sur la devanture, on pouvait le voir, dans un costume chemise ouverte, le premier bouton de son pantalon défait, avec une expression terriblement érotique. Sous la bannière, des vendeurs s'occupaient de stocks de Blu-ray de ses vidéos, de renseigner les personnes qui cherchaient le jouet sexuel idéal parmi leur gamme de produits, et il y avait même une cabine d'essayage pour les tenues sexy proposées. Comme toujours, il faisait les choses bien.

-Tout va bien, Emma ? s'inquiéta-t-il en la considérant.

-Oui, oui... Désolée, je suis simplement déroutée par tous ces culs... Par tout ça !

Tout sourire, il lui caressa un instant les cheveux, avant de s'arrêter. Croyait-il qu'elle ne voulait plus qu'il la touche ? Depuis cette folle nuit, ils avaient fait chambre à part. Ce qu'ils ne savaient pas, c'était qu'Emma n'osait pas faire le premier pas, et que Louis était persuadé qu'elle ne voulait pas qu'il la touche. De fait, ils se retrouvaient chaque nuit, depuis mardi soir, seuls chacun de leur côté, à déprimer.

Le voyage jusqu'à Paris s'était fait dans le silence de deux personnes avec des problèmes de communication.

Puis Emma avait été jetée dans la convention X, où

elle avait perdu les trois quarts de son cerveau.

-Bon, écoute, on devrait discuter ce soir, d'accord ? J'ai un gros client à voir maintenant. Garde ton téléphone avec toi, je t'appellerai quand j'aurai fini.

-Oui...

Il la laissa seule sur sa chaise, à l'arrière de la boutique. Ses employés avaient été informés de qui elle était, et qu'ils avaient tout intérêt à faire attention à elle. Pourtant, une minute après son départ, Emma décida de retourner faire un tour dans la convention, une petite bouteille d'eau à la main.

Boire lui avait fait du bien. Ne pas être aux côtés de Louis lui permit de se balader de façon totalement anonyme. Attentive, elle remarqua la camaraderie entre les modèles, les acteurs et actrices. Ils semblaient se connaitre quasiment tous. Selon toute vraisemblance, ceux qui se trouvaient dans ces conventions étaient rompus au métier, aussi faisaient-ils face aux visiteurs trop entreprenants avec un aplomb étourdissant. Un homme se prit une main aux fesses, et il mit en représailles la main au panier du responsable. Il dut serrer trop fort, car le malotru devint un peu bleu. Les femmes ne se laissaient pas faire non plus, mais à vrai dire, ce type de gestes déplacés étaient rares.

C'était un milieu professionnel, bien que l'ambiance soit à la fête.

Buvant une gorgée d'eau, elle avisa un étalage de jouets concurrents à ceux de Louis. Il y avait des choses qu'elle ne comprenait pas très bien, encore. Qu'est-ce qu'un bras faisait au milieu de tout ça ? Et le canard rose ?

-Tout va bien ?

Elle regarda, impassible, Charlotte la réalisatrice. Cette dernière parut surprise de son absence d'expression. Néanmoins, en cet instant, elle n'y pouvait rien. C'était un réflexe défensif chez elle.

-Oui, je vous remercie. Je peux vous aider ?

Cette femme était sublime. A l'idée qu'elle avait failli, ou qu'elle avait, couché avec Louis la rendait un peu jalouse. Hum. À ce moment-là, devait-elle être jalouse de toutes les femmes présentent ?

-Je voulais discuter un peu avec toi. Viens, on va faire le tour.

C'était au moins le troisième, mais bon. Prenant son bras d'autorité, Charlotte lui sourit aimablement.

-Tu es la compagne de Louis, n'est-ce pas ?

Cette fois-ci, elle crut recracher sa nouvelle gorgée d'eau. Sa compagne ? Était-elle seulement sa compagne ? Sa coloc peut-être, et encore elle ne payait pas de loyer dans son énorme villa hors de prix. L'espace d'un instant, elle se demanda ce qu'elle était, pour lui.

-Un flirt, plutôt, répondit-elle, peu satisfaite de sa réponse.

-J'en doute, mais j'imagine que vous n'avez pas discuté de vos statuts respectifs. Des fois, les choses se font tellement naturellement que nous n'avons pas les mots pour décrire notre relation.

Ouah, c'était loin d'être bête. Charlotte lui tapota la main avec un petit rire.

-Je te laisserai y réfléchir ! Mais avant toute chose… Dis-moi, Louis t'a jeté dans l'arène pour te faire voir son monde, n'est-ce pas ?

Elle hocha la tête. La réalisatrice soupira.

-Je ne te connais pas, Emma, mais… Tu n'as pas fui

quand il t'a dit être un acteur porno, n'est-ce pas ?

-Non. Pourquoi l'aurais-je fait ?

-Parce que là, consciemment ou non, Louis te fait passer un test.

Là, elle ne pouvait pas dire non. Elle le voyait bien. Après l'épisode du Starbique, il lui donnait l'impression de tenter le tout pour le tout. Pour voir si elle accepterait, ou non, une chose tellement inhabituelle. Car il n'était pas juste un acteur porno.

Il était LA superstar des acteurs porno.

La moitié de la planète avait déjà dû le voir nu.

-Quand Louis avait vingt-quatre ans, fit Charlotte, il s'est retrouvé dans ce type de situation.

Comment cela ? La réalisatrice regardait à présent droit devant elle, soucieuse.

-La femme avec laquelle il sortait depuis un an a découvert qui il était, et ce qu'il faisait. Il n'y a rien de honteux à cela. C'est un métier comme un autre. Le seul problème, c'est que cela touche au sacré pour la plupart des gens, c'est-à-dire au corps. Pourtant, si cela est fait avec plaisir par tous les partenaires, pourquoi cela devrait-il être mal ? Louis a toujours fait les choses sainement, autant pour lui que pour toutes les femmes avec qui il a tourné. Enfin... Tout ça pour te dire que cette femme l'a quitté du jour au lendemain, brisant ses rêves de mariage, de famille... Elle a piétiné aussi bien son cœur que sa personne.

-C'est une connasse, traduisit Emma avec une pointe de mauvaise humeur.

Charlotte ricana à sa remarque.

-Tout à fait. Emma, j'aime beaucoup Louis. N'oublie pas que quoiqu'il advienne, quel que soit le nombre de ses tournages, le nombre de femmes avec qui il a couché et le nombre de personnes qui l'ont vu nu... La seule et unique qui sera en mesure de le connaitre vraiment, c'est toi. La seule et unique personne qui le rendra heureux, c'est toi.

Silencieuses, elles déambulèrent un moment entre les stands de la convention. Virginie lui avait dit la même chose. Or, elle était d'accord. Car comme tout professionnel, son attitude au travail n'était pas celle de son quotidien. Tous, de la femme de ménage à l'avocat, étaient différents dans la sphère privée. Finalement, Emma murmura :

-Mais comment faire pour faire abstraction de tout le reste ?

-Je suis mariée à la numéro une des actrices pornographiques, répondit Charlotte.

Étonnée, la jeune femme la regarda. Droite et fière, elle lui fit un sourire.

-Louis a déjà tourné avec elle, car ma femme est bisexuelle. Sache que je n'ai jamais été jalouse pour autant. Car ce qui se passe dans le monde professionnel n'a aucun rapport avec l'intimité réelle. Tu comprends ? Je suis la seule qui connaisse la vraie Émilie. La seule qui me réveille le matin à ses côtés, qui connait ses efforts, ses craintes, ses doutes. La seule qu'elle tienne dans ses bras en lui murmurant des mots d'amour, et ce depuis cinq ans. Tu comprends ce que je veux dire ?

-Oui. Oui, je comprends.

À ceci près qu'elle ne connaissait pas Louis si longtemps. Et pourtant... Quand elle le vit s'avancer vers elle au milieu de la foule de la convention, elle ne put s’empêcher de sourire. Elle ne savait pas si elle était capable de tout accepter, mais une chose était certaine : elle aimait être à ses côtés.

Chapitre 17
Douce Collision

Qu'est-ce que Charlotte avait bien pu lui dire ? Face à Emma, au restaurant, Louis se sentait un peu plus serein que le matin même. La semaine avait été très longue, et il n'avait qu'une envie, c'était la prendre dans ses bras.

Mais son visage quand la femme l'avait reconnue, au Starbique... Y était-il allé trop fort avec cette convention ? Charles lui avait dit de régler le problème de suite. Là, c'était carrément le choc des mondes.

Pour autant, Emma ne perdait pas son appétit. Ils se trouvaient dans un petit restaurant indien de Paris, une des meilleures adresses qu'il connaisse. Donc, pas du luxe onéreux, mais du luxe gustatif dans l'assiette.

-C'est super bon, soupira-t-elle de plaisir en prenant à nouveau un naan au fromage. Tu viens souvent à Paris ?

-Non, pas vraiment. C'est surtout pour le travail. Dis-moi, Emma... Que s'est-il passé avec Charlotte ?

-On a discuté de toi.

Ça, au moins, c'était franc. La jeune femme lui fit un sourire mutin, comme si elle le défiait d'en demander plus. Hum hum... Ne plus la voir avec son air impassible lui plaisait énormément.

-Tu as déjà eu des relations sérieuses ?

Houla. Étant donné qu'il ne savait pas ce qui avait été dit, autant ne pas mentir. Pour autant, il prit le temps d'avaler un morceau de naan avant de répondre. Une relation sérieuse ? Tout dépendait de ce qu'elle entendait par là.

-J'ai cru en avoir eu une, il y a quelques années. J'avais vingt-trois ou vingt-quatre ans, je crois. Mais quand on a pu envisager quelque chose de sérieux, elle m'a claqué la porte au nez en raison de mon métier. Tous ne comprennent pas que l'on puisse s'épanouir dans cette branche professionnelle.

Il lui laissa le temps d'assimiler cette nouvelle. Mâchouillant un bout de poulet, elle le fixait étrangement.

-Tu n'as jamais envisagé de vivre avec une femme de ta branche professionnelle ?

-Non. Contre toute attente, je suis très possessif dans les relations amoureuses. Ce n'est pas du tout compatible.

De fait, il comprenait tout à fait le problème d'Emma.

-Et puis, j'aime bien les petites prudes, ajouta-t-il avec un sourire taquin.

Elle eut l'air outrée, mais ne contesta pas sa remarque.

-Moi j'aime bien les agneaux qui se cachent sous des airs de gros cochons.

Ah… Il écarquilla les yeux. Puis il éclata de rire dans le restaurant, attirant l'attention des autres clients, qui retournèrent bien vite à leur succulent repas.

-C'est bien la première fois qu'on me traite d'agneau !

Ils passèrent une bonne soirée, avant de se rendre à l'hôtel. Là, pour le coup, il avait choisi le haut de gamme. Mince, il était plutôt économe comme gars, mais il n'allait pas se priver de tout, non plus. Surtout avec Emma à ses côtés.

-Une chambre ? fit-elle en le considérant dans l'ascenseur, les bras croisés.

-Une suite, souligna-t-il. Mais avec deux chambres.

Elle écarquilla les yeux.

-C'est possible, ça ?

-Oui.

Elle fit un « oooh » impressionné avec la bouche. Avant de le refaire en découvrant la suite royale. Niveau confort, on ne pouvait pas faire mieux ! Télévision écran plat d'une taille indécente, canapé devant, fauteuil, une salle de bain, des toilettes séparées, deux chambres, un balcon donnant sur le Sacré Cœur. Il avait fait tout ce qu'il pouvait niveau romantisme ! Toutefois, la décision lui appartenait à elle. Quand elle disparut pour aller prendre une douche, il s'écroula sur le fauteuil. Tout ce stress allait le tuer.

-Louis ? l'appela-t-elle depuis la salle de bain.

Elle avait oublié quelque chose dans sa valise dont elle avait besoin ?

-Oui ?

-Je n'ai jamais dit que je prenais ma douche seule.

Le temps que ses propos lui montent au cerveau, il parut se téléporter dans la pièce. Nue et trempée par les jets d'eau d'hydrothérapie de cette cabine de luxe, elle lui fit un sourire terriblement sensuel, bien que timide.

Il se rendit à peine compte qu'il entra tout habillé, afin de cueillir ses lèvres des siennes. Oh, bon sang... Elle l'aida fiévreusement à se débarrasser de ses vêtements trempés, qu'ils jetèrent n'importe où. Ses chaussures de costume en cuir étaient foutues, mais ça valait le coup. Surtout quand il put enfin serrer le corps nu d'Emma contre le sien. Il la plaqua malgré lui contre le mur de la douche, ses mains empoignant son fessier si excitant. Face à l'ampleur de son désir, elle gloussa en caressant son gland du bout du doigt. Un gémissement rauque lui échappa.

Ce coup-ci, elle ne mènerait pas la danse.

S'assurant brièvement qu'ils étaient contre un mur et non contre une paroi de verre, il se laissa tomber à genoux devant elle. Elle sursauta légèrement, faisant rebondir sa magnifique poitrine. Il se redressa juste assez pour croquer la pointe d'un sein, lui arrachant un gémissement. Mais il préféra retourner dans sa position agenouillée, afin de faire glisser une de ses jambes sur son épaule.

-Louis ? glapit-elle.

À mi-chemin de son être, il lui fit un sourire sexy.

-Tu me fais confiance ?

-O... Oui...

Alors, battu tous deux par les jets de douche venant de tous les sens, il embrassa son sexe dégoulinant d'eau. Tremblante sur sa jambe tendue, l'autre se resserrant contre le dos de Louis, elle émit un couinement sensuel. Enhardi, il lui mordilla l'intérieur de la cuisse, tout en insérant un doigt entre ses lèvres, à la recherche de ce point sensuel déjà tendu à l'extrême. Il sourit quand elle sursauta à son contact. La seconde suivante, elle plongeait la main dans ses cheveux, tant pour l'arrêter que pour le supplier de continuer. Elle ne savait plus où elle était. Or, il avait bien l'intention de la faire capituler face au plaisir. Il entreprit de lécher, caresser, taquiner la partie la plus sensible de son anatomie, sans jamais la pénétrer. Pas encore.

La tête entre ses jambes, à l'écoute de ses gémissements et petits cris, il se perdit dans la recherche de son plaisir à elle. Peu habituée à ce genre de traitement, elle jouit rapidement sous les assauts de sa langue. S'il n'avait pas été là pour la retenir contre le mur, elle serait probablement tombée.

Haletante, elle s'agrippa à lui lorsqu'il se redressa. L'enlaçant étroitement, il la tint fermement en lui mordillant le lobe de l'oreille.

-Louis, balbutia-t-elle. Je... Oh...

Il rit doucement en lui embrassant les cheveux.

-Viens, je vais te porter au lit.

Coupant la douche, il la prit dans ses bras, avant de choisir la chambre ayant une vue sur le ciel parisien. Il était tard. La lune baignait le lit de ses rayons argenté, comme la nuit où elle l'avait gratifiée de son attention.

La déposant délicatement sur la couette, il voulut s'allonger à ses côtés. Mais elle enroula les jambes autour de sa taille, et tira de telle façon qu'il tomba sur les draps.

À califourchon sur lui, Emma se trouvait dos aux étoiles. La vision la plus excitante qui soit.

Saisissant ses seins à pleines mains, il émit un gémissement lorsqu'elle se mit à jouer des hanches, son sexe trempé venant frotter contre sa verge turgescente. Oh bon sang. Il avait jeté un préservatif sur le lit tout à l'heure, non ? Le trouvant à tâtons, il l'ouvrit avec les dents, avant de l'enfiler à une vitesse née de l'habitude.

-Louis...

Roulant avec elle sur le lit, il s'installa entre ses jambes, en une position du missionnaire très pratique. Si elle ne présentait pas trop de fantaisie, elle allait lui permettre d'éviter d'y aller trop fort. Il était largement plus gros que la moyenne, aussi n'avait-il aucune intention de la malmener par une pénétration incontrôlée.

Pourtant, son esprit l'abandonna tandis qu'elle se mettait à onduler des hanches, ses pieds croisés sur ses fesses, son pubis coulissant le long de son sexe gainé de latex. Chaude... Offerte... S'attaquant à sa poitrine, il la lécha, la mordilla, la faisant à nouveau trembler de désir. Elle se cambrait contre lui, ses mains, de chaque côté de sa tête, s'agrippant aux draps. Ses gémissements doux l'auraient fait bander plus fort encore, si cela avait été possible. Elle était l'image même de la luxure, de l'abandon et du désir. Oh bon sang... Il avait tellement envie d'entrer en elle, de se retrouver enfermé dans sa chaleur, de se perdre en elle...

Quand elle appuya de façon autoritaire de ses talons sur ses reins, il la pénétra avec une lenteur confinant à la torture. Son sexe se referma sur lui, lui faisant tourner l'esprit. Si chaude... Si étroite... Et pourtant, elle l'accueillait avec une avidité étourdissante. Enfoncé en elle presque jusqu'à la garde, il s'immobilisa, lui laissant le temps de s'habituer à sa taille. Il ne savait pas combien de temps il allait pouvoir garder le contrôle, mais...

-Louis... Louis !

C'était impossible de résister à ses suppliques. Il partit à l'assaut de son corps, les ongles d'Emma plantés dans ses omoplates. Pour autant, il ne sentit pas la douleur à ce moment-là. Il accéléra doucement le rythme, la faisant crier sous lui. La voir prendre son pied, abandonner son dos pour se saisir des draps à pleines mains tout en exprimant son plaisir lui fit perdre totalement la tête. Pouvait-il la faire crier plus fort ? La chair claquant contre la chair, ils se retrouvèrent bien vite pris dans une danse irrésistible, leurs corps allant à la rencontre de l'autre dans une fougue presque désespérée. Quand il la sentit se contracter autour de sa verge, dans un orgasme qui la fit s'accrocher à lui comme une naufragée, il abandonna la partie. Il se fondit dans ses bras, avec un grondement de pure satisfaction.

Chapitre 18
Fièvre Sexuelle

Les jours suivants se passèrent dans une fièvre sexuelle délicieuse. Le retour en train sur Toulon leur permit de recharger leurs batteries, avant de repartir à l'assaut de l'autre chez Louis.

N'ayant jamais connu cette frénésie, Emma profita de chaque seconde, de chaque découverte chez Louis, de chacune des siennes chez elle. Ils discutèrent aussi, beaucoup. De leur relation à leurs parents. De la belle-mère qui lui faisait des avances, ce qu'il n'avait pas supporté, car en plus il croyait dur comme fer qu'elle trompait son père.

Ils parlèrent du sien. De la mort de sa mère, de la chute dans l'alcool et la dépression de sa dernière famille. Certaines personnes devenaient violentes, et malheureusement il en faisait partie. Dès qu'elle l'avait pu, elle avait quitté le domicile familial. Bonne élève, elle avait obtenu une bourse pour ses études, mais cela ne rendait pas moins le travail obligatoire. Ces dernières années n'avaient pas été simples.

Quant à ses relations passées... Au plus elle y pensait, au plus elle avait l'impression qu'elle avait accepté de sortir avec ces hommes uniquement pour avoir l'impression d'« exister ». Elle se sentait pathétique en songeant à cela, pourtant Louis lui prouva que c'était normal et humain. C'était comme si elle avait attendu de réellement vivre, pendant toutes ces années. Sa coque protectrice s'était fissurée, avant d'imploser au contact de son sensuel colocataire.

Louis, pour sa part, ne s'était jamais senti aussi heureux que cette dernière semaine. Ils n'avaient pas quitté la maison depuis leur retour, se faisant tout livrer, mais il s'en foutait royalement. Il n'avait jamais pensé que son domicile possédait autant de coins et recoins pour s'envoyer en l'air. Et il était à peu près sûr qu'ils pouvaient encore en trouver certains. Ne serait-ce que le jardin, il offrait une multitude de possibilités !

Toutefois, le retour à la normale revint beaucoup trop vite. Bientôt, il fut question de reprendre le travail, pour tous les deux. Il avait pris sa semaine en même temps qu'Emma, si ce n'était cette histoire de convention au début. De fait, en consultant son emploi du temps, il s'aperçut qu'il avait un tournage de prévu pour le mardi.

Merde.

Devait-il lui en parler ?

-Louis, tu avais donné d'autres jouets sexuels aux filles quand elles sont venues ? demanda-t-elle en regardant son portable.

-Mmh, oui. C'est un prototype de stimulateur clitoridien. Pourquoi ?

-A priori, elles sont prêtes pour le compte rendu. Je cite, « usage seul ou à deux ». Hum. Tu sais qu'elles vont finir par venir toutes les semaines pour tester de nouveaux modèles ?

Louis sourit derrière son ordinateur.

-Ce n'est pas plus mal, je préfère avoir des testeuses motivées. Tu pourrais en faire partie, d'ailleurs...

Elle haussa un sourcil.

-J'apprécie déjà ce que j'ai. Pourquoi me compliquer la vie avec encore autre chose ?

-Rien n'oblige un couple à en faire usage, en vérité. On peut très bien s'en passer. Mais il y a des personnes qui affectionnent particulièrement les jouets sexuels, ou alors qui permettent de compenser des manques physiques… Comme un couple lesbien qui aime la pénétration ou un homme avec des problèmes d'érection ou un micropénis, par exemple.

-Tu n'es concerné ni par l'un ni par l'autre de ces points

-On verra quand je serai vieux, ricana-t-il.

Finalement, il n'eut pas le courage de lui parler de son tournage. Il n'avait aucune envie de faire éclater la bulle de bonheur dans laquelle ils se trouvaient.

*

Emma fut prise d'assaut par ses amies le lendemain midi. Venues au Starbique, elles poussèrent des cris pendant tout le repas tandis qu'elle leur expliquait les péripéties du week-end dernier, avant de résumer sa semaine par un « ça s'est bien passé », tout en rougissant comme une pivoine.

-Je suis sûr que vous avez baisé comme des bêtes

toute la semaine, ricana Clarisse.

C'était tout à fait vrai.

-Ce n'était pas trop bizarre pour toi de le voir entouré de toutes ces femmes et de tous ces admirateurs à la convention ? s'inquiéta Virginie.

-Si... Non... Enfin je... Ma discussion avec Charlotte m'a fait réfléchir. Après tout, tout ça est professionnel... Je suis la seule à le voir dans la vraie vie.

Ses amies se regardèrent, songeuses.

-Effectivement, j'imagine qu'entre les vidéos pornos et le réel, il y a une sacrée différence. Je pense aussi qu'il ne te pilonne pas pendant des heures sans jamais fatiguer.

-Clarisse !

-Quoi, c'est vrai ! On t'en a déjà montré, non ? Ce n'est pas la vraie vie. C'est un vecteur de plaisir ou d'excitation pour ceux qui regardent, tout simplement.

-Ce n'est pas faux, approuva Virginie. D'ailleurs, en parlant de ça, tu vas supporter la jalousie ? Celle de savoir que... Ben... S'il a un tournage, et qu'il rentre le soir...

Elle y avait pensé. Mais que pouvait-elle y faire,

franchement ? Devait-elle abandonner une romance qui pouvait se montrer belle, pour ce genre de choses ? Ou se cantonner à une jalousie qui pouvait la faire passer à côté de la plus belle histoire d'amour de sa vie ?

La veille au soir, elle avait perçu l'hésitation de Louis. Elle se doutait qu'il avait un tournage dans la semaine. Mais, pour autant, pouvait-elle considérer que c'était la tromper ? Après tout, c'était fait sans sentiment d'amour, uniquement dans le cadre professionnel. Certaines personnes cocufiaient leur conjoint en utilisant l'argument de l'absence de sentiment pour faire croire que ce n'était pas grave. Mais le contexte était fortement différent. Ici, c'était le métier de Louis qui impliquait les rapports. Alors... La jalousie avait-elle réellement sa place ici ?

Au plus elle y réfléchissait, au moins elle trouvait cela normal de lui en vouloir. Même si elle avait des images de lui avec d'autres femmes défilant dans son esprit, aucune ne connaissait son expression quand il la serrait dans ses bras. Aucune ne savait quels actes pouvaient les faire jouir tout deux à toute vitesse, étant donné que les vidéos tenaient plus du marathon que de l'assouvissement pour les acteurs. Ils jouissaient rarement pour de vrai, bien que le plaisir soit souvent sincère.

Bon, après, il fallait voir si en situation réelle elle supportait la chose.

Décidée, elle confronta Louis le soir même.

-Ah, fit-il en devenant livide. Parce que justement j'en ai un demain.

Comme quoi, ça tombait bien.

Mais cela ne l'empêcha pas de lui sauter dessus, comme si elle voulait marquer son territoire.

Chapitre 19
L'Homme aux Milles Orgasmes

-Oh... fit Emma en regardant la femme devant elle. Donc, votre mari et vous avez décidé de vous tourner vers le porno pour pimenter votre vie sexuelle ?

-Oui, effectivement, sourit Bianca. Il y en a beaucoup dans ce cas, en France. Par contre, je ne sais pas comment ça se passe dans les autres pays.

-Vraiment ?

Assise en tailleur sur un pouf de l'une des salles de préparations, Emma était tombée sur l'actrice qui allait tourner avec Louis. Accompagnée de son époux, elle était très belle, très bien faite, avec un petit air coquin.

-Oui. Il y a beaucoup de personnes qui trouvent leur compte dans le X pour diverses raisons, expliqua Bianca. La réalité est bien loin du fantasme des ignorants, mais quand on est un peu... exhibitionniste, par exemple, ça peut être très excitant.

C'était un monde tout à fait différent, pour Emma qui découvrait sa sexualité depuis sa rencontre avec Louis. Toutefois, elle se voyait mal être à la place de Bianca. Ce n'était pas son genre de s'exposer.

-Et... Heu... Votre mari va participer au tournage ?

Yves, l'époux en question, secoua la tête avec un sourire.

-Pas cette fois-ci. C'est la première fois que Bianca va tourner avec Louis, alors elle a l'intention de... profiter de l'expérience. Je me contenterai de regarder.

Alors là. Bouche bée, Emma regarda le couple. Ils avaient l'air heureux, voire excités, de tout ça. C'était l'essentiel. Néanmoins, elle se demanda si ça la dérangeait de savoir que Bianca était en émoi à l'idée d'avoir un acte sexuel avec Louis.

D'un autre côté, il valait mieux qu'elle soit dans cet état, sinon ce ne serait agréable ni pour l'un ni pour l'autre.

-Les actrices ont un orgasme à chaque tournage ?

Bianca éclata de rire.

-Non ! Tu sais, Emma, les conditions sont

particulières. Il y a toute une équipe qui nous regarde, on nous demande parfois de rectifier les positions pour la caméra, de prendre la pose… Par contre, je suis dans tous mes états et mon mari… m'aide à finir les choses après, quand c'est nécessaire.

Devant les joues rouges de l'étudiante, cette femme si confiante et sûre de sa sexualité gloussa.

-Toutefois, il parait que c'est différent avec Louis. C'est une légende dans le milieu. On le surnomme l'homme aux mille orgasmes, tu sais ?

Ça, pour le coup, elle voulait bien le croire ! La porte de la salle de préparation s'ouvrit à la volée à ce moment-là, faisant sursauter tout le monde. Essoufflé, la cravate à moitié défaite, la superstar de la jouissance féminine poussa un cri de frustration en découvrant son amante ici.

-Emma ! Je t'ai cherché de partout !

-Oh, désolée, j'avais une discussion très intéressante.

-Tu vas me tuer avant mes trente ans, s'exclama-t-il en se passant une main dans les cheveux. Oh, bonjour,

Yves. Bonjour Bianca. Quant à toi, viens ici !

La jetant au travers de son épaule, il s'enfuit avec Emma sous les yeux médusés de ses collègues. Elle se retrouva de nouveau assise sur son bureau, au dernier étage. Décidément, elle se faisait trainer de partout comme un sac de patates, ici.

-Tu sais, je pouvais marcher.

-Emma, écoute...

Agité, il poussa un soupir en se laissant tomber sur son siège. Tout le monde était occupé avec les préparatifs. A priori, c'était une grosse production aujourd'hui. C'était pour cela qu'il avait l'air si angoissé ? Inquiète, Emma le considéra.

-C'est la première fois que je fais une transgression entre ma vie privée et ma vie professionnelle. La seule fois où j'ai ne serait-ce que parlé de cela... Mon ex m'a quittée. Je... C'est déjà un miracle que tu acceptes un tant soit peu la vérité, je n'ai pas envie de...

-Louis.

S'agenouillant devant l'homme aux mille

orgasmes, Emma lui posa une main réconfortante sur le genou. Il se figea, l'observant d'un air circonspect.

-Tu sais, c'est moi qui t'ai demandé si je pouvais venir aujourd'hui. J'ai envie de savoir ce que tu fais, en quoi ça consiste. Même si c'est juste une fois, je souhaite savoir ce qu'est réellement ta vie, et non pas me baser sur les mythes.

-Je....

-Mais si ça t'angoisse à ce point, je n'y assisterai pas, tout simplement.

-Je ne suis pas angoissé, marmonna-t-il.

Elle haussa un sourcil.

-Pas la peine de faire ton gros viril. Tu n'as rien à prouver à personne à ce sujet, aux dernières nouvelles.

Il se rengorgea un instant d'une fierté toute masculine, avant de grimacer.

-C'est juste que... après ça, j'ai peur de te perdre.

Dans le silence de son bureau, ils se regardèrent dans les yeux, les doutes et les espoirs de l'autre s'y reflétant. Pourtant, Emma était certaine d'une chose. Même si elle ne pouvait le dire, même s'il était hors de question qu'elle le fasse maintenant, elle était très probablement en train de tomber amoureuse de lui.

Et même si elle ne dit rien, son expression douce rassura Louis. La prenant dans ses bras, il l'attira sur ses genoux. Ils restèrent un moment enlacés dans son bureau, jusqu'à ce que l'on toque à la porte. Pour une fois, Henry ne fit pas une entrée en fanfare.

Il était temps d'y aller.

Une fois dans la pièce du tournage, Emma découvrit un décor de cabine pirate. Bianca avait été transformée en belle captive langoureuse, et elle relisait les quelques lignes à savoir. Là, elle comprit que les vidéos de Louis tenaient lieu de superproduction dans le milieu.

Quand il arriva, elle sentit le rouge lui monter aux joues. Elle n'aurait jamais imaginé qu'un look débridé de pirate lui irait si bien. Une chemise faussement sale ouverte largement sur son torse, un foulard sur le front, les cheveux crasseux, il portait un pantalon large et des bottes de corsaire. Plein de pensées traversèrent l'esprit d'Emma, tant et si bien qu'elle sursauta lorsqu'il lui murmura à l'oreille :

-Si tu continues à me regarder comme ça, tu vas devoir prendre tes responsabilités quant à l'arrêt du tournage. À moins que tu souhaites prendre se place ?

Le rouge aux joues elle le considéra. Il haussa un sourcil face à son silence.

-Heu... Je... Les caméras, ça ne me botte pas.

-Tant mieux, fit-il en lui embrassant le front. Je n'ai pas envie de te partager.

Ça, c'était l'hôpital qui se foutait de la charité. Pour autant, elle lui sourit. Aimer se montrer ne voulait pas dire aimer partager les autres. S'il commençait à avoir ce sentiment de possession... Des papillons voletèrent dans le ventre d'Emma.

-Je suis désolé, mais il y a une condition pour que tu restes là, déclara-t-il.

-Ah ?

*

Le thème de la piraterie était toujours intéressant à exploiter, surtout dans le cadre des fantasmes féminins. Loin des stéréotypes de dominance masculine dans le milieu pornographique, son équipe et lui-même avaient choisi d'en faire quelque chose pour le public visé, c'est à dire loin de toute violence fantasmée. L'une des clés, c'était souvent le consentement mutuel évident.

Bien que des femmes aiment certaines formes de domination musclée consentie, là, il devait jouer le rôle d'un pirate tombé sous le charme de sa captive.

Il n'était jamais simple de bander en tournage, même avec la force de l'habitude. En l'occurrence, il ne savait pas si la présence d'Emma sur le plateau l'excitait ou lui donnait du fil à retordre. Concentré tout entier à ce qui se passait, il ne pouvait s'empêcher d'avoir des sentiments contradictoires.

Les yeux bandés, Emma se trouvait assise dans un coin, les oreilles à l'affut du moindre son.

Il trouvait cela excitant qu'elle l'entende, mais d'un autre côté, il aurait bien aimé qu'elle soit à la place de Bianca, mais sans les caméras et tout le monde alentour. Toutes ces choses contradictoires lui mettant la cervelle en bouillie, il décida de tout oublier pour le moment et de se concentrer sur sa partenaire. Après tout, Bianca était venue de Paris pour tourner avec lui, il devait au moins lui faire l'honneur d'être totalement présent.

Visiblement il s'en sortit plutôt bien, car une fois le tournage finit, elle s'endormit instantanément sur la table qu'ils venaient de malmener pendant environ une heure trente. Un ronflement bienheureux résonna bientôt, ce qui fit rire son mari. A priori, ça voulait dire qu'elle avait sacrément pris son pied.

Après avoir discuté avec le chef de tournage et remercié l'équipe pour son bon travail, Louis se dirigea droit vers une Emma statique.

-Tout va bien ?

Elle fit un bond sur son pouf. Malgré le bandeau en satin sur ses yeux, il pouvait voir le rouge de ses joues. Hum...

-Oui oui...

La voyant faire un geste pour ôter le morceau de tissu, il arrêta sa main. Bon, il voulait à tout prix prendre une douche. La conduisant jusque dans son bureau en lui tenant la main, il la fit s'asseoir sur le canapé avant de disparaitre dans la salle de bain attenante. Était-il gêné ?

Ses émotions contradictoires le dérangeaient,

surtout. Lui qui n'avait jamais mélangé vie privée et vie professionnelle, il se retrouvait confronté à une nouvelle situation. Depuis le temps qu'il était dans le milieu, ça le perturbait au plus haut point.

En proie à une certaine confusion quant à la marche à suivre, il sursauta lorsqu'Emma se glissa entre le jet d'eau chaude et lui. Les yeux écarquillés, il considéra la jeune femme nue devant lui. Elle ne voyait pas grand-chose sans ses lunettes, pourtant elle caressa doucement son visage en lui souriant, avant de l'enlacer. La joue contre son torse, elle resserra ses bras autour de lui.

Cela draina toute son angoisse hors de lui. Il comprit alors ce qui le perturbait tant.

La peur du rejet.

La serrant contre lui, il embrassa le sommet de sa tête.

Si elle l'acceptait, alors, il pourrait le lui dire un jour.

Il inspira l'odeur douce de sa chevelure. L'odeur de miel de son masque pour cheveux.

Oui. Il pourrait lui dire combien il l'aime.

Chapitre 20
Revirement

Bon. Elle ne pouvait pas dire que les grognements de Louis lors du tournage ne l'avaient pas excitée. Pour autant, ceux de Bianca l'avaient fait un peu plus tiquer, mais son imagination et le thème pirate lui avaient donné le champ libre pour se mettre à sa place.

Lorsque Louis l'avait conduite dans son bureau, sans lui adresser la parole, cela avait tout douché. Il n'allait pas bien. Or, elle savait quel était le problème. Il était un homme fier, qui n'avait ni honte de ses débuts, ni de son présent. Il était un homme d'affaires accompli, il avait réussi à se hisser au top niveau et à y rester. Ce n'était pas ça le souci.

Son souci, c'était cette peur du rejet provoqué par cette femme, des années plus tôt. Une cicatrice laissée béante, non pas à cause de son absence, mais en raison de la peur de la solitude sentimentale que cela avait provoquée.

Tout ce qu'elle avait pu faire, c'était lui montrer qu'elle était toujours là. Qu'elle resterait là.

Elle ne sut combien de temps ils restèrent sous la douche, mais ce fut le jet d'eau froide qui les en délogea avec de petits cris. Lorsqu'ils rentrèrent à la maison, et qu'ils se couchèrent ensemble dans les bras l'un de l'autre, elle se sentait bien.

Elle savait à quoi s'en tenir.

Pour autant, elle n'avait aucune envie de partir.

*

-Comment ça, tu comptes lever le pied !? s'exclama Charles en plaquant les mains sur son bureau.

Le jeudi, Louis avait décidé d'annoncer la nouvelle. Face à Henry et son avocat d'ami, il se sentait résolu. Les derniers jours passés avec Emma avaient été doux, les plus doux qu'il n'ait jamais connus. Même s'ils n'avaient pas particulièrement parlé, ils avaient compris tous les deux quelque chose qu'ils ne s'étaient pas encore dit. Or, de son côté, il avait réfléchi à son avenir professionnel.

-Je vais tenir tous mes engagements, déclara-t-il

en se laissant aller contre le dossier de son siège. Il n'y a aucun problème pour les contrats de tournages à venir. Toutefois, je souhaite à l'avenir lever le pied. J'ai tenu un rythme énorme pendant près de dix ans, tout en gérant mon entreprise florissante. Je pense que je peux désormais faire moins de vidéos et passer plus de temps sur mes activités annexes.

Ses deux amis se regardèrent un instant, avant de revenir vers lui avec un mauvais sourire.

-Ces activités annexes, ça ne voudrait pas dire avoir la force de sauter ta petite prude plutôt qu'une actrice ?

-Henry, ta gueule.

-Ça, ça veut dire oui.

Rah, il n'aimait pas les entendre parler comme ça d'Emma ! Mais ces deux foutus vautours n'en avaient pas fini avec lui.

-De toute façon, elle a vu en quoi consistait la réalisation, non ? fit doucement Charles.

-Effectivement, approuva son secrétaire. Elle était sur le plateau lors de la dernière vidéo.

-Ah, j'imagine qu'elle est intéressée, alors... Je devrais lui parler de la prochaine réalisation... Je suis certain qu'elle sera ravie de tourner avec lui.

-Oui, tout à fait. Surtout qu'ils couchent déjà ensemble, j'imagine que les scènes seront très appréciées de nos clients...

-Vos gueules, gronda Louis.

Surpris de son ton, ses deux amis haussèrent un sourcil. Au regard que leur adressa leur patron, ils comprirent qu'il valait mieux s'arrêter là.

-Je suis acteur depuis onze ans, je pense avoir le droit de diminuer la cadence à un moment donné ! Et oui, effectivement, actuellement je préfère faire l'amour à Emma plutôt qu'à quelqu'un d'autre ! Ça vous pose un problème !?

-Non...

Il y eut un petit moment de silence, durant lequel l'avocat et le secrétaire se regardèrent. Finalement, ils poussèrent des soupirs de soulagement en s'affaissant sur leur siège. Leur attitude décontenança Louis.

-Même pour l'autre tu n'avais pas envisagé de

lever le pied, fit Henry avec un sourire.

-Ça doit être vraiment quelqu'un de bien. Mais s'il te plait, ne précipite pas les choses.

-Comme, par exemple, vivre avec elle ?

Ils roulèrent des yeux. Louis éclata de rire.

-Ça, c'est déjà trop tard. Bon, écoutez, des fois on a l'impression d'être tombé sur la bonne personne. Pour moi, c'est le cas. Donc... J'estime pouvoir apporter quelques changements à mon mode de vie. Après tout, la nouvelle génération d'acteurs arrive et ils commencent à grincer des dents à force de se voir rafler le premier prix depuis des années. Ça leur fera plaisir à eux... et nous donnera l'opportunité de gérer les contrats de nouveaux acteurs. Ne vous en faites pas, je veillerais à ce qu'il n'y ait pas de pertes financières.

*

-Tu as assisté à un porno !? s'exclama Virginie.

-Avec Louis, en plus !? ajouta Clarisse.

Elles se trouvaient toutes les trois à la terrasse d'un café du port de Toulon. Autant dire que touristes et locaux les regardèrent avec des yeux curieux, avant de rapidement retourner à leur propre discussion.

-Pourquoi ?

-Parce que je voulais savoir en quoi consistait son travail. C'est bien beau d'entendre les ouïes dire, mais on ne connait jamais la vérité avant de réellement se renseigner.

-Ça, c'est bien vrai. Alors, c'était comment !?

Elle leur expliqua le thème et sa discussion avec Bianca. Effectivement, elles approuvaient ce point de vue. En France, il fallait aimer son métier pour le faire, sinon les producteurs ne vous prenaient pas, pour les plus droits d'entre eux. Ce qui était parfaitement compréhensible. Une personne en souffrance vis-à-vis de ça s'autodétruirait, alors qu'une personne qui le désirait s'éclaterait là-dedans, un peu comme Bianca et Louis. On n'atteignait pas le niveau de ce dernier et sa réputation professionnelle sans en retirer quelque chose de personnel. Du plaisir, tout simplement.

-Mais, ça ne te dérange pas ? s'étonna Virginie.

-Tu sais... Parfois, on a l'impression d'avoir trouvé la bonne personne. Alors, on se dit... Est-ce que ce que la majorité considère comme la norme doit me pousser à quitter un homme bon que j'aime sincèrement ?

Elles restèrent silencieuses un petit moment.

-J'aimerais bien être à ta place, soupira Clarisse. Trouver quelqu'un que l'on aime sincèrement, et qui nous aime en retour, c'est quelque chose.

-Je ne sais pas s'il m'aime, rectifia Emma.

Virginie haussa un sourcil, en posant son verre de coca.

-Tu es sérieuse, Emma ? Tu as vu comment il te regarde ? Ce n'est pas le regard d'un homme qui veut simplement te sauter. C'est celui d'un homme qui voit au-delà de ton joli petit cul.

Rougissante, la jeune femme mit presque son nez dans son verre.

-Tu le lui as dit ? Que tu l'aimes ?

-Pas encore...

-La vie est courte Emma, et la tienne a déjà été trop triste sur le plan sentimental. Dis-le-lui.

Bien décidée à lui parler, elle décida de le faire le soir même. Certes, ils étaient encore en semaine, mais bon... En quittant le Starbique en fin d'après-midi, elle se dit que la vie réservait parfois de bonnes surprises.

Les mains dans les poches de son pantalon de costume, ce qui lui donnait un sacré air de mannequin, Louis lui fit un clin d'œil en l'apercevant. Son vespa rose bonbon se trouvait non loin, la faisant rire. Cela lui allait bien tout en détonant énormément.

-Ta journée s'est bien passée ?

-Oui, impeccable. Et toi ?

Main dans la main, ils décidèrent d'aller se promener dans les rues de la vieille ville, avant de retourner chez Louis. Emma était venue avec sa voiture, mais une balade en vespa rose ne lui déplairait pas.

Enfermés dans leur petite bulle, ils ne virent pas arriver Paul.

Tout du moins, Emma ne vit strictement rien. En passant devant une vitrine, le regard rivé à sa compagne, Louis aperçut l'éclat de l'acier juste avant qu'il ne frappe.

Chapitre 21
Coma

Elle ne savait pas depuis combien de temps elle se trouvait sur cette chaise. Immobile comme une statue, elle n'avait pas bougé d'un pouce depuis qu'elle y était tombée. Les larmes avaient séché sur ses joues, le sang sur ses vêtements.

Sur ses mains.

Les yeux rivés dessus, elle ne voyait même plus ses doigts tachés de rouge.

La dame de l'accueil des urgences lui avait promis de lui donner des affaires dès qu'elle en aurait. D'ailleurs, elle lui jetait de temps à autre des coups d'œil inquiets. La police était venue l'interroger. Face à son état de choc, ils n'avaient pas pu tirer grand-chose d'elle. Des témoins avaient déjà expliqué la scène, or, elle, elle n'avait quasiment rien vu. Mais elle avait entendu.

Le cri de Louis.

Le ricanement fou de Paul.

Des gens qui faisaient des bouffées délirantes, elle en avait déjà vu. Son père, avant de sombrer dans l'alcoolisme, lui en avait parlé, aussi. Cela arrivait parfois après l'ingestion de certaines drogues. Des personnes ne supportaient pas du tout ces dernières, qu'elles soient récréatives ou plus fortes. Ils faisaient alors des bouffées délirantes aiguës.

Paul avait été emmené directement au service de psychiatrie de Sainte Musse, l'hôpital public le plus proche. La mère d'Emma travaillait en psychiatrie au moment de sa mort. Cela arrivait rarement, mais il se pouvait que les cas les plus lourds deviennent totalement hors de contrôle. Parfois, cela se terminait par la mort d'un membre du personnel soignant.

Voilà ce qui était arrivé à sa mère, infirmière à l'époque.

Elle ferma les yeux.

Voilà ce qui risquait d'arriver à Louis, maintenant.

Clarisse et Virginie étaient là. Elle ne savait pas qui les avait prévenues, mais elles s'étaient assises à ses côtés, l'encadrant de leur force bienveillante. Pour autant, elle ne ressentait pas leur chaleur. Henry et Charles faisaient les cent pas dans la salle d'attente.

Par chance, peut-être, à cette heure-ci il n'y avait quasiment personne aux urgences. En période estivale, c'était plein plus tard dans la soirée, quand tous les fêtards avinés commençaient à faire n'importe quoi. De toute façon, les urgences vitales étaient prioritaires.

Une larme roula sur la joue d'Emma, pour tomber sur le sang séché de ses mains.

Elle revoyait Paul qui réalisait soudain son geste, comme si l'effet des drogues qu'il avait pris se dissipait d'un seul coup, à l'instant où Louis tombait au sol. Elle s'entendait hurler en soutenant son compagnon dans sa chute.

Paul avait fui la scène, mais Henry, qui se trouvait par hasard plus haut dans la rue, l'avait assommé d'un coup de poing bien placé.

Emma, mue par une habitude née d'années à appeler le samu pour les comas éthyliques de son père, avait déjà son téléphone à l'oreille. Elle bredouillait des mots incompréhensibles quand un passant le lui avait gentiment pris, pour parler à sa place.

Elle revoyait Louis, qui lui souriait en lui demandant si elle allait bien.

Il osait lui demander cela, alors qu'il saignait abondamment. Il avait été poignardé trois fois au ventre. Sa perte de sang était telle, la douleur si intense qu'il avait perdu connaissance dans ses bras.

Comment elle était arrivée là, elle n'en savait rien. Dans tous les cas, elle attendait, muette. Inexpressive. Totalement fermée.

Un peu comme avant sa rencontre avec Louis.

Avant qu'il n'illumine sa vie de sa présence.

-Mademoiselle ?

Elle leva des yeux vides sur le médecin venu la voir. Il remarqua les deux amis de Louis, qui s'étaient aussitôt rapprochés. Les saluant d'un hochement de tête, il s'accroupit devant Emma, statufiée dans l'attente des nouvelles.

-Votre mari est actuellement en cours d'opération. Je ne vais pas vous mentir, son pronostic vital est engagé, mais trois de nos meilleurs chirurgiens sont en train d'évaluer et de réparer le plus vite possible les dégâts. Il a perdu énormément de sang, donc nous le transfusons en même temps. Dans tous les cas, il sera emmené directement en service de réanimation. Les visites sont restreintes, mais en tant qu'épouse vous pourrez le voir plus facilement. D'accord ?

Elle hocha la tête. Charles et Henry posèrent quelques questions. Elle écouta tout, sans montrer la moindre émotion. Puis quand le médecin parti, elle se leva et se dirigea droit vers la salle d'attente de réanimation.

Trois heures d'opérations furent nécessaires pour réparer les dégâts causés par Paul. Et encore, cela saignait tellement qu'ils avaient peur de ne pas avoir tout vu. Durant ces trois longues heures, Emma resta sur sa chaise, à attendre, sans boire, ni manger, ni même aller aux toilettes. Clarisse avait appelé le Starbique, ouvert jusqu'à tard le soir, pour les prévenir que son amie ne pourrait pas y être le lendemain.

Elle ne sut pas quand Louis arriva en réanimation, mais quand on lui dit qu'elle pouvait entrer, il était aux alentours de minuit. Elle y alla seule, sous le regard angoissé de Charles et d'Henry.

La vue des machines, tensiomètres, respirateurs, de tous les engins d'urgence et de Louis, intubé, perfusé, relié à elle ne savait combien de choses, la fit se bloquer. Elle le considéra un instant, avant de venir prendre sa main. Il ne la serra pas en retour. Évidemment, il était inconscient.

Et pourtant, elle lui caressa la paume du pouce, tout en lui disant que tout irait bien. Qu'il allait s'en sortir. Qu'il allait vivre. Et qu'alors, elle pourrait lui dire combien elle l'aimait. Et que s'il voulait bien d'elle, elle ferait tout pour lui.

Lui, qui avait eu le courage de prendre trois coups de couteau à sa place.

*

Louis ne reprit pas connaissance avant un long moment. C'était en grande partie sur décision des médecins. La chirurgie avait été longue et compliquée. Dans la crainte d'avoir loupé quelque chose, et que le patient ne s'agite, faisant sauter toutes les sutures internes, ils avaient préféré jouer la sécurité. Le coma artificiel était parfois préférable à des jours de souffrance éveillée pour le patient.

Ils avaient bien fait, car effectivement, il saignait de quelque part. Ils avaient dû le réopérer deux jours plus tard, afin de trouver la cause de cette hémorragie interne. Une plaie microscopique à la rate s'était élargie en l'espace de quarante-huit heures.

Au total, deux semaines furent nécessaires pour voir les beaux yeux de Louis. Ce ne fut pas comme dans les films, où il était déjà parfaitement coiffé, rasé et alerte.

Non, il se réveilla alors qu'il était encore intubé, sous le regard terrorisé d'Emma. L'extubation d'urgence était tout sauf agréable, aussi furent-ils contraints de l'endormir pour éviter qu'il ne fracasse tout.

Dans tous les cas, c'était une bonne nouvelle selon les médecins. Il était en forme.

Quand il reprit connaissance, plus tard, il fronça d'abord les sourcils en fixant le plafond, avant d'avoir un léger sursaut en voyant Emma apparaitre dans son champ de vision. Aussitôt, un immense sourire s'épanouit sur son visage marqué par les derniers jours.

-Douce Emma.

Alors, pour la première fois depuis qu'il avait été poignardé à sa place, elle fondit en larmes en posant le front contre l'épaule de Louis. Incapable de faire grand-chose, ce dernier lui caressa les cheveux au prix d'un gros effort.

Les semaines suivantes furent compliquées. Les pansements étaient finis, mais la rééducation était barbante et les examens de contrôle plus encore. Il fit des pieds et des mains pour rentrer à la maison, en promettant qu'il prendrait une infirmière libérale pour quelques semaines, histoire de continuer ses injections d'anticoagulants.

Quoi qu'il en soit, son entreprise n'avait pas particulièrement pâti de son absence, Charles et Henry ayant géré la situation comme des chefs. Ils savaient Emma à son chevet, donc ils avaient presque pu tout faire l'esprit tranquille. Annulation de tournages, explications à la presse, mise sur le marché du dernier jouet sexuel, promotion, bref. Ils avaient fait tout ce qu'il fallait. Tout ce qu'ils demandaient, c'était que leur casse bonbon de patron reste les doigts de pieds en éventail au bord de la piscine.

Puni d'activité sexuelle pendant un bon moment, il coula des jours doux aux côtés d'Emma. Rien de tel qu'une période d'abstinence forcée pour savoir si on est réellement bien avec la personne qui partageait votre vie.

Dans tous les cas, il était certain d'une chose : cela faisait un mois et demi qu'il avait été poignardé, et il avait bien l'intention de déclarer sa flamme à Emma. C'était peut-être vieux jeu dit comme ça, mais il s'en foutait !

En revenant d'une soirée avec ses amies, Emma eut l'agréable surprise de découvrir, en rentrant chez Louis, des pétales de roses disséminées sur le sol. Oh.

Intriguée, elle suivit le chemin ainsi tracé, allant de l'entrée à l'extérieur. La piscine était cernée de bougies allumées, des lanternes pendaient à la pergola sur la terrasse, donnant une ambiance délicieusement romantique au lieu. Et surtout, Louis se trouvait là, un sourire un peu nerveux aux lèvres. Cela faisait des lustres qu'elle ne l'avait plus vu en costume. Il était encore plus beau qu'avant.

L'espace d'un instant, elle regretta d'être en débardeur trois fois trop grand, short et claquettes.

Mais pour rien au monde elle aurait voulu se trouvait ailleurs.

Sans réfléchir, elle se jeta dans les bras de Louis. Ils s'enlacèrent tendrement. Ils faisaient souvent ça, en raison de l'abstinence forcée. Et elle adorait les calins tendres.

-Emma ?

-Mmh ?

-Tu sais, je t'avais entendu.

Ne comprenant pas, elle lui adressa un sourire interrogateur. Louis lui caressa doucement la joue, les yeux pétillants.

-Je t'avais entendu, quand tu me disais que tu m'aimais.

Un instant d'incompréhension, et elle rougit jusqu'à la racine des cheveux. Elle voulut se dégager de son étreinte, mais il la retint avec un petit rire.

-Je t'aime aussi, Emma !

Oh. Oh !

-Louis… bafouilla-t-elle en le regardant avec des yeux pleins de larmes. Moi aussi, je t'aime…

Il l'embrassa doucement, tendrement.

-Je ne voulais rien te dire tant que je n'étais pas complètement remis, murmura-t-il à son oreille.

-Pourquoi ? souffla-t-elle en se blottissant un peu plus contre lui.

-Parce qu'une déclaration d'amour sans partie de jambe en l'air ensuite, ça aurait été frustrant, non ?

Ils se regardèrent un instant. Le corps d'Emma devint soudain plus chaud.

-Mais, le médecin…

-M'a donné son feu vert ce matin.

La frustration ne se faisait pas toujours sentir au fil des jours, mais quand elle lui sauta dessus sans autre forme de procès, elle se dit que oui, il avait bien fait d'attendre pour lui déclarer son amour.

Epilogue

Paul avait été reconnu non responsable de ses actes, en raison d'une prise de drogue ayant entrainé une bouffée délirante aiguë qui n'était jamais retombée. Il était toujours dans le secteur fermé de psychiatrie, où sa famille venait lui rendre visite, en larmes.

Personnellement, Emma et Louis ne pleuraient pas sur son sort. Dès qu'ils le purent, ils firent de leur mieux pour l'oublier, même si les évènements de ce fameux jour étaient gravés à jamais dans les abdominaux de Louis.

Mais aujourd'hui, nul ne pouvait leur massacrer le moral. Les affaires allaient bien. Emma avait eu son diplôme quelques mois plus tôt, et elle travaillait à présent dans son entreprise. Leurs amis respectifs allaient bien et semblaient prêts à prendre la cuite de leur vie.

Car aujourd'hui, après trois ans de relation, ils se mariaient.

Il y avait quantité de personnes ayant travaillé pour ou avec Louis, il y avait les amies d'Emma, mais aucun de leurs parents. Ils s'étaient mis d'accord : ils les avaient tenus au courant, mais ils ne les avaient pas invités. Entre une belle-mère accro aux films pornographiques qui aurait dragué la moitié de l'assistance, un père contrarié par le métier de son fils et un autre alcoolique qui le connaissait aussi pour ses vidéos, visiblement, il valait mieux les éviter.

En robe blanche soulignée d'un tissu turquoise à la taille, Emma resplendissait.

Louis souriait de toutes ses dents, devant madame la maire.

Ces trois dernières années avaient rendu la mariée plus belle encore. Épanouie, elle s'embellissait tous les jours un peu plus aux yeux du fiancé. Il ne comprenait pas comment une femme comme elle pouvait l'aimer, mais il en était heureux. Il ne savait l'exprimer complètement, mais il faisait tout pour que chaque jour, elle comprenne à quel point elle emplissait son cœur et sa vie.

Il continuait à tourner de façon ponctuelle, ce qui ne dérangeait pas sa femme. Elle avait lu un jour un article de la femme de Rocco Siffredo, disant que tant que son mari tournait, elle était certaine qu'il ne la tromperait jamais. Cela avait interloqué Louis, mais Emma avait approuvé. Qu'elle comprenne son rapport à son métier, cette tranche de sa sexualité, le faisait l'aimer d'autant plus. Qu'elle l'accepte, alors...

S'il y avait une femme sur terre faite pour lui, c'était bien elle.

Et aux yeux d'Emma, il était l'homme qu'elle ne méritait pas, mais qu'elle aimait de tout son cœur.

Alors, devant la maire, ils s'embrassèrent tendrement, la bague au doigt, sous les applaudissements des convives. L'amour éternel, ils ne savaient pas si cela existait. Mais l'avenir allait leur apprendre que le bonheur pouvait durer pour toujours dans les bras l'un de l'autre.

A Propos

Et voici la fin de ma toute première romance ! Sans surnaturel, sans rien !

C'était étrange pour moi d'écrire ainsi, car je n'ai pas l'habitude de rester sur de la romance pur jus. Certes, c'est un peu atypique en raison du métier de Louis. Mais j'avoue, c'était très plaisant à faire, à tel point que je l'ai écrite en une dizaine de jours. C'était simple à faire, sans intrigue ni complication scénaristique, donc franchement ça allait. Surtout à côté de l'Héritage des Millicent et de ses paradoxes temporels !

Le plus compliqué à faire fut les scènes de sexe, afin de les rendre le plus clairs possible.

Certes, je suis partie sur un contexte un peu étrange pour Emma. Néanmoins, c'est plus dans une démarche psychologique qu'elle avait un souci, dans le sens où elle n'avait pas d'attirance pour les hommes avec qui elle sortait. C'était surtout l'élément de stabilité émotionnelle qu'ils représentaient qui l'intéressait. De plus, elle est tombée sur des branquignols (j'aime ce mot en ce moment) côté sexualité, ce qui ne l'a pas aidé.

Bref, dans cette histoire mon personnage principal masculin est un acteur porno ! J'imagine que ça ne vous a pas échappé. Toutefois, je ne me positionne ni pour ni contre ce milieu. Chacun est libre de faire ses choix, chacun est libre de sa consommation et de ses points de vue. Malheureusement, la documentation sur le background de la pornographie française est faible, aussi ai-je beaucoup brodé. Même si j'ai trouvé un reportage sur les vidéos d'Élite de Jacquie et Michele, ce qui m'a le plus intéressée fut le livre de l'actrice Katsuni, nommée Céline Tran. Je voulais savoir un peu ce qui pouvait conduire à pratiquer ce métier et à le continuer, au-delà des clichés que j'avais moi-même en tête. De fait c'était très instructif, bien qu'elle ai principalement travaillé aux États-Unis. Quand mes personnages disent qu'il faut se renseigner avant de poser son avis, c'est ce que je passe sincèrement. Je n'y connais rien à ce milieu, et le livre de Katsuni m'a bien aidé. Par contre, impossible de mettre la main sur le livre de Rocco Siffredi à un prix raisonnable, surtout pendant le confinement où tout avait doublé. J'ai abandonné de ce côté-là, même si j'aurais bien aimé connaitre son point de vue sur son propre métier.

Quoi qu'il en soit, c'était marrant de faire de mon personnage principal un acteur pornographique, même si je me suis rendu compte que construire sa psyché fut plus complexe que prévu. Ce qui m'a conduit à faire Louis, c'était pour m'amuser avec les romances de ce type, chef-d'entreprise-étudiante ingénue.

Voilà, je n'ai pas grand-chose d'autre à dire ! J'espère que ça vous a plus malgré le fait que c'est bien différent de ce que j'ai pu faire jusqu'à présent, en dépit de ma fin abrupte.

J'espère vous dire à bientôt pour de nouvelles histoires.

Cordialement,

Laura Scala

www.ingramcontent.com/pod-product-compliance
Lightning Source LLC
LaVergne TN
LVHW041153150826
845673LV00001B/151

* 9 7 9 8 6 6 8 1 6 9 8 0 1 *